# Souvenirs

### D'UN

# PENDU DE BONNE MAISON.

## *Par un Homme de Qualité.*

## PARIS,

### MOREAU-ROSIER, 68, RUE MONTMARTRE.

# LES SOUVENIRS

# D'UN PENDU

## DE BONNE MAISON.

PARIS.— IMPRIMERIE DE COSSON,
Rue Saint-Germain-des-Prés, n° 9.

# LES SOUVENIRS
# D'UN PENDU
## DE BONNE MAISON;

### PAR UN HOMME DE QUALITÉ.

Lisez, vous jugerez après.

## PARIS.

MOREAU ROSIER, n° 68, rue Montmartre;
LEVAVASSEUR, Palais-Royal.
1829.

# AVANT-PROPOS.

———————

A COMBIEN de quolibets mes souvenirs ne vont-ils pas donner naissance? Je veux me supposer un
instant au milieu des salons de la
rue de l'Université ou de la rue de
Bourbon, dans le faubourg Saint-
Germain. — Monsieur l'auteur
nous prend-il pour des sots ou
pour des insensés? dira, en bra-
quant son lorgnon sur le titre de

mon ouvrage, un de ces êtres hermaphrodites que l'on gratifie à Paris du nom d'*hommes à la mode*, poupées qui se retrouvent dans toutes les capitales et qui consacrent régulièrement douze heures sur vingt-quatre à rassembler sur leurs personnes et dans leurs manières tout ce qu'elles peuvent imaginer de plus propre à les ridiculiser. — Ce pendu est bien impertinent d'oser se dire de bonne maison, s'écriera une douairière en caressant son épagneul, qu'elle a baptisé *monsieur le Chevalier*, pour n'avoir jamais près de sa personne que des êtres de qualité. — C'est un sot, reprendra

le mari, ci-devant à queue, à ailes
de pigeon, pommadé et poudré à
frimas; cet homme n'a jamais, je
le parierais, étudié le blason ni les
priviléges dont jouissait l'ancienne
noblesse; ce boulevard de la mo-
narchie tenait à honneur de conserver le droit accordé à tous ses
membres, d'avoir la tête tranchée
lorsqu'ils étaient coupables même
de haute trahison, et j'ai deux de
mes ancêtres qui ont joui de cette
prérogative; or donc, l'auteur
ne peut jamais avoir été noble
puisqu'il a été pendu. —Il se mo-
que de nous, mon frère, ajoutera,
d'une voix nazillarde, un petit
homme gros, court, rouge, orné

d'un triple menton et armé de deux petits bras si extraordinairement construits, qu'on a peine à concevoir de quelle utilité ils peuvent être à leur propriétaire. Avant la révolution, quand j'avois mon abbaye en Touraine, j'étois tous les matins à l'œil-de-bœuf à Versailles, et je me souviens parfaitement qu'il y eut plusieurs lettres de cachet obtenues contre des auteurs moins impertinens que celui-ci : Ah! c'était là le bon temps, vive l'ancien régime! Pourquoi faut-il que depuis trente ans on ne fasse plus en France que des sottises, — Quel impudent menteur que l'écrivain qui ose publier ce livre!

dira tout à coup, en ôtant ses lunettes, un grand mathématicien affligé d'éthisie; hum! hum! quand on veut se mêler d'écrire, il faut d'abord avoir le sens commun. A quoi bon, dis-je, entretenir les hommes de choses qui peuvent faire naître dans leur esprit des doutes superstitieux? Hum! hum! d'ailleurs, si un pendu écrivait ses souvenirs, qu'est-ce que cela prouverait! Hum! hum! qu'il ne serait pas mort, et voilà tout! c'est clair comme une équation du quatrième degré. Hum! hum! s'il en était autrement, il faudrait croire à la quadrature du cercle et à la pierre philosophale; hum!

hum! or, depuis quarante-cinq ans je m'occupe d'un calcul contenant 1,027 colonnes de chiffres qui prouvera jusqu'à l'évidence que c'est une sottise de penser à ces deux choses; et l'auteur, en nous entretenant de ses billevesées, hum ! hum ! nous traite comme des visionnaires. — Point du tout, dira alors, en interrompant le mathématicien, un gros et grand interlocuteur portant en brochette à sa boutonnière un échantillon des hochets au moyen desquels les divers monarques de l'Europe font réciproquement assommer leurs sujets; point du tout, Messieurs, j'ai long-temps étudié les maladies qui ont leur siége dans le cerveau; je connais sur le bout de mon doigt tous les degrés de folie qui affligent l'humanité; j'ai été couronné à l'Académie pour avoir prouvé dans un mémoire lumineux, que s'il y avait des remèdes à ces diverses affections, le plus grand nombre d'entre elles cependant était incurable; vous voyez bien que je m'y connais : fiez-vous donc à ma décision, l'auteur est un maniaque qui assure avoir été pendu comme tel autre se dit roi d'Angleterre, marchand de coco, chanoine de Reims ou magot de la Chine. A ce dernier jugement un rire général et inextinguible s'élèvera dans l'assemblée, c'est à qui me raillera le mieux, et d'un commun accord on me reléguera dans l'antichambre ; mes souvenirs causeront peut-être des attaques de nerfs aux soubrettes et des terreurs paniques aux laquais ; Justine manquera la coiffure de sa maîtresse, Lafleur renversera l'huile des lampes sur le tapis du salon ou échaudera le menton de monsieur le marquis en lui faisant la barbe ; le cuisinier gâtera ses ragoûts, ou bien prenant au clair de la lune l'épagneul pour l'âme d'un pendu, le jettera la tête la première dans un chaudron d'eau bouillante, et

perdra sa place le lendemain,
quand on trouvera l'infortuné Chevalier bouilli avec les cochons de
lait. Le cocher, pressé d'atteler,
laissera la porte de l'écurie ouverte,
un coup de vent renversera la
lanterne, il pensera au pendu, et
tout effrayé, au milieu des ténèbres, cherchera à brider les
chevaux et s'obstinera à placer le
mors sous la queue ; l'animal
ainsi persécuté pourra ruer et lui
casser la mâchoire; enfin on découvrira l'origine de tous ces désordres et on m'enverra chez l'épicier, où je serai placé en si bonne
et si nombreuse compagnie que je
serais tenté de me trouver là tout

aussi bien qu'à la bibliothèque royale; mais en voilà assez sur le destin probable qui m'attend; je termine en adressant deux mots de réponse à chacun des personnages que je viens de passer en revue; je commence par les *Fashionables* : Eh! Messieurs, vous qui renoncez à être vous-mêmes et qui consentez à devenir les mannequins de vos tailleurs et les *hommes-affiches* des marchands de nouveautés, ne vous fais-je pas une grâce spéciale si je veux bien ne vous taxer que de folie?—Vous, madame la douairière; accompagnée de monsieur le Chevalier, votre petit chien, de monsieur

le marquis, votre noble époux,
et de monsieur l'abbé, votre beau-
frère, vous tous, dis-je, qui ne
pouvez vous consoler de ce que
vos compatriotes ayant toujours
marché en avant, vous êtes pourtant demeuré à la même place,
parce que vous vous êtes obstinés
à rester à la queue de votre siècle,
ou plutôt à lui tourner le dos;
vous qui vous glorifiez d'avoir eu
deux têtes tranchées dans votre
famille et qui vous croiriez désho-
norés si ces mêmes parens avaient
été pendus; vous enfin qui désirez
de si bon cœur me voir sous clef,
ne serais-je pas bien modéré si je
borne ma vengeance à rire à vos

dépens? Et vous, illustre membre
des quarante immortels, qui
m'accusez de mensonge sur mon
titre sans m'avoir lu; si, tandis que
vous consumez votre existence en
fatigues inouies pour prouver seulement qu'une chose est impossible à trouver et qu'il est absurde
de s'en occuper, je parviens à vous
démontrer aussi positivement que
deux et deux font quatre que mon
livre ne renferme rien qui ne soit
exactement vrai, n'aurais-je pas le
droit d'user envers vous de repré-
sailles, et quand vous traitez mes
vérités de billevesées, ne pourrais-
je appeler vos recherches les niai-
series d'un visionnaire...? vous

enfin, monsieur de la faculté, ex-
apothicaire de la grande armée,
qui, à force d'empoisonner vos semblables, avez acquis le droit de vous
intituler officier de santé, docteur,
puis docteur en médecine, titre
ronflant qui vous permet de nous
assassiner par privilége et par au-
torisation de monsieur le maire ;
vous qui, à force de sangsues et
d'infusions de jalap distribuées à
peu près comme les remèdes de
Figaro dans la maison de Bartholo,
avez fini par faire barioler votre
habit d'autant de rubans que les
bannières de tous les saints du ca-
lendrier un jour de procession,
croyez-vous donc m'en imposer

1*

par vos brillans colifichets? ne suis-je pas revenu de l'autre monde sans vos conseils, ou peut-être parce que je ne vous en ai pas demandé? Apprenez que j'espère parcourir ma nouvelle carrière sans recourir à vos bons ou mauvais offices; libre à vous de me traiter de maniaque et de me comparer au roi d'Angleterre, à un chanoine de Reims, à un marchand de coco, à un magot de la Chine et à tous les magots de votre connaissance ; j'aime mieux vos injures que vos services, et je me crois plus sage que vous puisque j'ai rapporté du céleste séjour une habitude peu commune ici-bas, c'est de ne jamais prononcer sur une chose sans la connaître; ainsi donc, jolies femmes à qui je dédie mes souvenirs, parce que c'est vous qui devez en causer de plus agréables à tout autre qu'à un mort, je ne vous demande qu'une seule faveur; ne vous fiez pas à tout ce que l'on pourra vous dire contre la moralité d'un pendu qui publie ses souvenirs. *Lisez! vous jugerez après!*

LE PENDU.

# AVERTISSEMENT

## DE L'ÉDITEUR.

---

Ou ces souvenirs sont véritablement ceux d'un pendu de
bonne maison qui, parmi ses priviléges, comptait celui de revenir
de l'autre monde, et l'on ne peut
guère revenir de plus loin; alors
il serait raisonnable de supposer
que ce gentilhomme descendait

en ligne directe des vampires d'É-
cosse : ou ces feuilles trouvées
éparses et jaunies par le temps ont
été envoyées de l'autre monde, ce
qui pourrait passer pour un tour
de Satan, et paraître vraisembla-
ble aux amateurs de miracles
qui proclamèrent jadis la croix de
Migné; une troisième chose pourrait encore être supposée; savoir :
que quelque malheureux condamné à mort ait voulu abréger l'horreur de ses derniers instans en
pensant à ceux qui devaient les
suivre; alors tout entier à cette
nouvelle vie qu'une religion sublime lui faisait entrevoir, il a pu
l'orner de toutes les ressources

d'une imagination brillante, exaspérée par les circonstances dans lesquelles il se trouvait placé. L'âme de l'infortuné devançant ainsi l'heure de sa délivrance, aura pu s'élancer vers son Créateur et pressentir de nouvelles destinées ; ainsi on choisira en ouvrant ce livre, de le considérer ou comme l'œuvre du démon, ou comme de terribles et effrayantes prophéties; on pourra encore le supposer fait à temps perdu par un mauvais plaisant jaloux de s'amuser aux dépens des lecteurs crédules, et dans ces trois hypothèses on se trompera peut-être....Quoi qu'il en soit, l'intérêt

naît, dit-on, de l'incertitude;
croyez donc, chers lecteurs, tout
ce qui pourra vous être le plus
agréable; et puisqu'un sage a dit:
*Dans le doute abstiens-toi!* lisez! vous jugerez après!

# LES SOUVENIRS

# D'UN PENDU

## DE BONNE MAISON.

---

## CHAPITRE PREMIER.

Comment exprimer des douleurs inouï..? Comment faire concevoir à mes lecteurs la sensation horrible que j'éprouvai à l'instant où le plancher sur lequel j'étais péniblement monté, venant à céder sous mes pas, *je me trouvai suspendu* par le col, entre le ciel et la terre, tournant au bout d'une

2

corde avec le poids d'un bourreau sur
mes épaules ? Par un mouvement
d'instinct je voulus saisir la corde
avec mes mains au-dessus de ma
tête et chercher à prolonger mon
agonie de quelques minutes : dans
cet affreux espoir je m'efforçai de relever mes bras. Ils étaient fixés derrière moi, réunis par un lien qui ser-
rait mes poignets jusqu'à en faire jaillir
du sang ; je m'agitai cependant, et mé-
puisai en efforts aussi vains que ceux
de la victime sous le couteau du sacrifi-
cateur. Une résistance plus forte encore que celle de mes liens m'arrêtait ;
le pied d'un homme, s'appuyant sur
mes deux mains réunies, hâtait de toute
sa vigueur la catastrophe qui devait

mettre un terme à mon supplice, et les secousses multipliées qu'il me faisait subir eurent bientôt obtenu le résultat que, dans son horrible pitié, il désirait sans doute. Je sentis tout mon être s'anéantir; mes sens engourdis refusaient de lutter davantage contre une fin inévitable; mon sang refluait avec violence vers le cerveau; les clameurs d'une foule attentive à suivre tous les degrés de mon agonie, ne parvenaient plus à mon oreille que comme le bruit d'une mer agitée; je ne distinguais plus; bientôt, je cessai tout-à-fait d'entendre, et cependant j'avais encore le sentiment de moi-même. Aux souffrances physiques qui étaient épuisées succédèrent celles de l'âme.

Privé de toutes mes facultés, je ne
conservai que celle de l'intelligence
qui survit à la matière; je ne pouvais
plus ni voir, ni entendre, ni résister,
ni me plaindre; je ne pouvais plus
que sentir en moi ce qu'il m'était impossible d'exprimer au-dehors; je compris alors ce que c'était que la léthargie;
et je me crus victime d'une loi bar-
bare qui fait déposer nos dépouilles
dans un cercueil trop peu d'instans
après notre fin, nous exposant ainsi
à nous réveiller dans la tombe pour
y souffrir tous les tourmens que doivent engendrer la faim; le désespoir
et la rage. J'éprouvai alors une sensation nerveuse qui provoqua en moi
un rire convulsif. Je pensais à tous

ces doctes membres de la faculté qui décident gravement de nos douleurs sans les avoir jamais senties ; je souhaitai ardemment que les législateurs qui s'attribuent le droit de disposer de la vie de leurs semblables, vinssent à éprouver pendant cinq minutes les angoisses qui me déchiraient tandis que mes facultés intellectuelles se trouvèrent violemment forcées de quitter l'enveloppe qui les contenait.

Je me dis que si les rois savaient la distance qui sépare la fin morale de la mort physique, la peine capitale serait abolie d'un commun accord. Un déchirement épouvantable me rendit alors pendant une seconde l'usage de toutes mes facultés , je je-

tai un dernier regard sur la scène
dont j'étais le héros, j'entrevis la figure pâle et livide de l'exécuteur des
hautes œuvres penchée au-dessus de
ma tête. Cet homme semblait hâter
de tous ses vœux mon dernier soupir ;
je lus dans ses regards les remords
qui le dévoraient ; ses yeux expri-
maient l'horreur de lui-même ; je me
crus moins malheureux que lui : cette
pensée fut la dernière qui me frappa.
D'épaisses ténèbres se répandirent
autour de moi, il me sembla qu'une
main puissante m'entraînait dans
l'immensité sans me laisser le temps
ni même le désir de résister à son
pouvoir. Aux yeux des hommes je
venais d'expirer ; moi seul je savais

que tout principe de vie n'était pas
éteint en moi, puisque je me sentais
dirigé par quelque chose dont je ne
connaissais encore que la force, vers
des lieux que je ne pouvais distinguer....

(Ici plusieurs lignes qui terminent
ce feuillet sont effacées.)

# CHAPITRE II.

QUELLE étonnante vision ! Est-ce un songe ? Ne suis-je donc plus moi ? Je me vois, je me sens, et pourtant je n'ai plus rien de matériel; quand ma main veut toucher mon autre main, elle ne peut rien saisir; je conserve ma forme première et je ne ressens plus aucune douleur; ah ! je suis bien mort ! Cependant je vois, j'entends, j'admire le spectacle inouï dont je suis le muet témoin. Étrange perplexité ! je n'ai point cessé d'être,

et cependant je me suis vu traîner
sur l'échafaud, j'ai entendu les cris
féroces de ce peuple qui assistait à
mon supplice comme à une représen-
tation théâtrale, ce que les hommes
dans leur stupide orgueil appellent
la justice a eu son cours. J'ai été
immolé, j'ai souffert ; mes gémis-
semens douloureux n'ont pas atten-
dri mes bourreaux ! J'ai vu mon corps
jeté dans une fosse abjecte ! une
seule femme suivait ma dépouille
mortelle jusqu'au lieu de ma sépul-
ture ; mes esprits ne s'égarent point,
je l'ai vu arroser de ses larmes la terre
qui me dérobait à son amour. Malheureux que je suis ! c'était ma mère!
quand une foule entière m'accusait,

couvrait ma mémoire d'opprobre, livrait mon nom au mépris, à l'exécration générale, elle seule répandait sur moi ses bénédictions, et j'ai été coupable, j'ai pu, par un crime atroce, porter la douleur dans le sein qui m'a nourri : ah ! pardonne, toi à qui je dus le jour ; toi qui dès le berceau me donnas les leçons et l'exemple de toutes les vertus, pardonne à ton fils ! un cruel égarement s'était donc emparé de ma raison ? Mon cœur était donc mort avant le jugement des hommes, puisque j'ai pu me montrer indigne de toi ? Ah ! cruels tourmens ! emords qui passez mes forfaits ! vous 'éclairez enfin ; il est un Dieu vengeur, je le vois et je frémis ; vous me

l'aviez prédit, ô ma mère! Je vous
vois aussi, et c'est là mon supplice;
je voudrais m'élancer vers vous, me
traîner sur vos pas, expirer une seconde fois à vos pieds de honte et de
douleur, et je ne puis implorer mon
pardon, la parole expire sur mes
lèvres, une force inconnue m'arrête;
mon repentir, mes vœux sont im-
puissans; je n'ai pas même la ressource des larmes: je vois vos tourmens et je ne puis les adoucir ou
du moins les partager: ah! voilà l'en-
fer dont vous m'aviez menacé.

(Nouvelle interruption.)

# CHAPITRE III.

PENDANT combien de siècles mon âme a-t-elle eu à gémir?.. je l'ignore : ici, les jours, les mois, les années se perdent dans l'éternité ! l'Être-Suprême s'est laissé toucher par mon repentir ; j'ai été transporté dans une nouvelle région, l'horrible faculté qui m'était demeurée de distinguer encore ce qui se passe sur la terre m'a été retirée : je ne souffre plus.

# CHAPITRE IV.

QUELLES destinées m'attendent ?
Quel est ce nouveau prodige ? Jusqu'à
cet instant rien de matériel n'avait
frappé ma vue dans les célestes demeures, et les vents ne m'avaient ap-
porté que des murmures légers ;
mais leur éloignement et les tempêtes
qui grondaient autour de moi ne
me permettaient pas de distinguer les
sons. Ces chants étranges me paraissaient plutôt produits par des cris
plaintifs que par de célestes concerts.

Maintenant, une harmonie sublime me ravit en extase ; des milliers de harpes éoliennes font retentir les airs, un char lumineux traverse les nuages et se dirige vers moi ; il s'arrête, et je ne puis connaître la force qui le lance et le gouverne à son gré.

Un vieillard en descend, il s'approche de moi, mille feux étincelans nous environnent tous deux et ne nous consument point. O phénomène inconcevable ! je connais ce vieillard, son portrait est fixé dans la mémoire des hommes ; une longue barbe noire couvre la moitié de son visage, ses yeux ont une expression singulière : c'est le regard du basilic, il charme et effraie tout à la fois. Son costume

est celui d'un peuple maudit de Dieu;
il porte le symbole des pèlerins dans
sa main droite, une petite bourse de
peau est fixée à sa ceinture. Il ne m'a
pas encore parlé et déjà je sais son
nom ; c'est le Juif errant! Il étend
vers moi son bâton blanc, que me
veut-il ? Suis-je donc maudit comme
lui ?

# CHAPITRE V.

Je n'ai pu résister à la puissance de ce Juif. Je l'avais pris d'abord pour un esprit tentateur, et ses douces paroles ont versé la persuasion dans mon âme. Se serait-il donc servi du langage des anges pour mieux m'abuser? Quels étranges mystères m'a-t-il osé dévoiler? Si j'en crois ses discours, il fut créé jadis par l'Etre qui gouverne le monde pour embellir sa cour céleste; il le fit à son image et d'essence divine comme lui; mais il osa se révolter avec d'autres esprit semblables à lui, contre le Dieu tout-puissant, qui permit cet égarement pour apprendre à l'univers que tout ce qui n'était pas lui était sujet à faillir, et que les vices et les vertus dépendaient de sa volonté. Mais pour prouver aussi que sa miséricorde est infinie, il ne voulut pas détruire pour jamais des esprits auxquels il avait destiné toutes les béatitudes. Il les condamna seulement à expier leur ingratitude en passant plusieurs siècles parmi les hommes, et en animant sans cesse de nouveaux corps dès que ceux qu'ils avaient d'abord habités venaient à périr ; ainsi ces anges déchus devaient connaître et

souffrir toutes les infirmités humaines
dont ils auraient été dispensés sans
leur crime. Le plus coupable de tous
avait été celui qui porte la figure du
Juif errant ; aussi fut-il condamné
à ne pouvoir demeurer dans le même
lieu plus de vingt-quatre heures, et à
conserver toujours la même forme ,
afin qu'en survivant aux générations
innombrables qui passeraient sous ses
yeux, il fût toujours isolé, fui, méprisé, craint de ses semblables. Il
devait ainsi connaître les plus hor-
ribles misères qui affligent les humains, sans pouvoir jamais goûter
aucun des plaisirs qui aident à les
supporter; il devait obliger beaucoup
et ne faire que des ingrats  être ver-

tueux et méprisé, être l'appui de tous
ses semblables et en horreur au genre
humain; sans parens, sans amis, sans
femme et sans patrie, il devait traîner
ses jours de climats en climats pendant plusieurs siècles sans pouvoir
atteindre le terme de toutes les infor-
tunes, sans pouvoir mourir. Pour
ajouter encore à ses tourmens, il con-
serva la faculté de se souvenir de
tout le bonheur qu'il avait goûté dans
le ciel et de toutes les persécutions
qu'il éprouvait en ce monde; il ne
devait reprendre sa place que long-
temps après que ceux qu'il avait en-
traînés à la révolte auraient recouvré
la leur, et son humiliation devait du-
rer jusqu'à ce qu'il eût amené au

ciel un certain nombre d'âmes justes
et sans taches. Il parcourut long-
tems les divers royaumes de l'Europe, et réussit d'abord plus qu'il ne
l'avait espéré ; la foi vive et désinté-
ressée des premiers chrétiens le servit
merveilleusement , et, sans cette époque, il est probable que sa pénitence
n'aurait jamais eu de fin , car à mesure que l'église étendit son pouvoir,
elle prit aussi le goût de la domination, et inspira à son troupeau un tes
esprit de fanatisme et d'intolérance
que peu de cœurs demeurèrent sans
souillure ; l'abus des choses saintes
engendra parmi les gens d'église et
parmi leurs ouailles une peste qui
se répandit bientôt sur tous les fi-

dèles, et que l'on reconnut facilement
à l'irrégularité de mœurs des religieux,
à l'hypocrisie et au fiel de leurs péni-
tens. Ces vices donnèrent naissance
aux moines et aux jésuites, qui pro-
voquèrent à leur tour les guerres
civiles et religieuses, le despotisme,
l'avarice et l'orgueil des chefs ecclé-
siastiques, leur amour du temporel,
leur mépris du spirituel, et l'oubli
total de la mission de paix qu'ils
étaient appelés à remplir. Alors ne
faisant plus de prosélytes par l'exemple de leur vertus, ils voulurent as-
surer par la force le triomphe de la
foi. De là les persécutions, les mas-
sacres, les schismes si funestes qui
affligèrent la chrétienté, puis les

martyres d'amours-propres, les martyres d'intérêt, les martyres de con-
vention, et cent autres sortes de martyres ridicules, qui, après avoir été ou-
bliés pendant de longues années, devaient renaître de nos jours et se voir
surpasser encore en extravagances
par les martyrs de la *Quotidienne*,
que personne ne confondra sans
doute avec le très-petit nombre de
martyrs de bonne foi qui ont réel-
lement souffert pour l'édification de
leurs frères, et qui ont scellé l'Évan-
gile de leur sang sous Domitien, Dé-
cius, Maximin, Dioclétien et Galère.
Dès l'instant où l'hypocrisie se couvrit
du manteau de la foi, il resta peu de
vertus parmi les chrétiens, et par

conséquent plus rien à espérer d'eux
pour le Juif errant. Il abandonna
donc les peuples civilisés, et se mit à
parcourir l'Afrique, l'Asie et l'Amé-
rique. Là, qui le croirait? dans le
centre de forêts aussi vieilles que
le monde, au milieu des déserts,
parmi des peuplades sauvages qui ne
possédaient ni collége, ni Sorbonne,
ni institutions morales et religieuses,
ni moines, ni philosophes, ni con-
frérie, ni missionnaires même, le
Juif découvrit encore des cœurs pri-
mitifs et purs: trop ignorans pour
apprécier les mystères de notre sainte
religion, ils adoraient l'Etre-Suprême
que seul ils reconnaissaient aux actes
tous les jours répétés de sa bonté et

de son pouvoir. Ces sauvages étaient pauvres, mais ils offraient en sacrifice à Dieu le peu qu'il possédaient, non en l'amassant devant un autel (ils en ignoraient l'usage et le nom), mais en le partageant avec leurs frères plus indigens qu'eux. Ils ne couronnaient pas de rosières, parce que toutes leurs filles étaient sages et fidèles aux maris qu'elles s'étaient choisis; ils ignoraient le mot vertu, car ils étaient tous bons, humains, doux, et un sage de notre façon n'aurait pas été jugé digne de faire partie de leur peuplade; ils l'auraient chassé sans pitié, dans la crainte de voir l'exemple de ses prétendues vertus bouleverser toutes les idées reçues et conrompre leurs goûts simples et leurs mœurs pures.

Le Juif m'assura que parmi ces bons sauvages il avait trouvé un grand nombre d'âmes telles qu'il les cherchait et dont l'hommage naïf avait été agréable à l'Eternel. Cependant cette ressource fut bientôt épuisée pour l'esprit déchu, la civilisation s'étendit, de hardis navigateurs portèrent le fer, la flamme et la peste de nos institutions sociales dans tous les coins du globe; nos mœurs, nos idées, notre langage furent enseignés de gré ou de force aux peuples envahis; la loi du plus fort fut suivie sans être la meilleure, et le Juif errant vit sa pénitence se prolonger indéfi-

niment. Il traversa des siècles avant
d'atteindre le nombre d'âmes qu'il
devait trouver. Depuis cent ans environ, il ne lui en manquait plus
qu'une, et il allait la cherchant partout
sans pouvoir la découvrir; alors l'Etre-
Suprême, touché de ses douleurs, lui
permit de revenir dans le ciel, mais
il devait conserver sa forme humaine
tant qu'il n'aurait pas complété sa
mission.

# CHAPITRE VI.

LE Juif me fit asseoir à sa droite sur son char lumineux, et tandis que nous traversions les airs, il me parla en ces termes : — Je t'ai toujours observé depuis ta naissance, car je reconnus dans ton cœur les plus heureuses dispositions, et je plaçai en toi mon dernier espoir; plus tu grandissais et plus tu le réalisais. Issu des plus hautes classes de la société, tu avais à lutter contre le vain et le sot orgueil de la naissance; tu triom-

phas de cette épreuve difficile, et la
bonté, la simplicité de ton langage
envers tes inférieurs te firent des amis
de tout ce qui t'approchait. Tu étais
riche, mais plus encore des bénédictions du pauvre que des dons de la
fortune ; tu n'avais rien en propre, et
ta bourse était celle de tous les malheureux. Le mensonge ne souilla jamais tes lèvres, et pendant les trente
années que tu as passées sur la terre,
tes vertus ont donné au rang dans
lequel Dieu t'avait fait naître plus
d'éclat que tu n'en avais reçu de lui.
Un seul jour je tremblai pour toi,
et je craignis, hélas ! avec trop de
raison, de voir s'anéantir toutes mes
espérances: ton cœur se laissa aller à

une passion désordonnée pour une femme qui était indigne de ton amour; je prévis alors tous les malheurs qui pouvaient résulter de ta faiblesse. Tu voulais unir à ton sort l'objet méprisable de tes affections, ta mère s'opposa à tec desseins, et tu te conduisis alors avec plus de vertu que je n'osais le supposer. Tu te soumis à ses ordres; mais ta raison ne put aller jusqu'à triompher de ta passion, et ta douleur fut si violente qu'en t'y abandonnant sans mesure, ta santé, ton existence furent compromises. Ta mère devait céder, elle le fit, et en acceptant son consentement, arraché par la crainte de te perdre, tu commis une première faute. Tu en fus bien puni : cette femme pour qui tu avais tout bravé, viola bientôt ses devoirs les plus sacrés envers toi. Tu connus sa perfidie ; je vis à quelles extrémités tu allais te porter, j'en frémis ! mais il ne m'était permis ni de t'avertir ni de te sauver de toi-même. Dieu avait placé dans ton cœur assez de force pour triompher de tes mauvais penchans. Je dus t'abandonner à ta destinée. Malheureux ! un instant d'égarement a terni trente années de vertus ; dans un accès de jalousie, le délire de ton esprit t'a poussé à commettre un assassinat, le plus grand de tous les forfaits aux yeux de ton créateur. En vain alléguerais-tu pour ta défense l'opprobre dont tu étais couvert par la conduite de ton indigne épouse; tu devais la supporter comme le juste châtiment de ta première faute, et c'est ainsi que tu aurais pu trouver grâce devant l'Eternel. Les hommes, aussi insensés que toi, et sans redouter la responsabilité qu'ils assumaient sur leur tête en s'attribuant le droit de vie et de mort, te jugèrent suivant leurs idées et appliquèrent à ton crime les lois qu'ils ont créées. Toujours à tes côtés, j'ai vu tes regrets, ton désespoir, et j'ai imploré pour toi la miséricorde de Dieu. Déjà tu ressens l'effet de sa bonté infinie; le remords ne s'attache plus à toi comme après une proie qui lui ap-

partient, tu ne souffres plus; mais
qu'il y a loin de cette situation à
celle dont tu pourras jouir, si tu te
rends digne des félicités célestes qui
sont la récompense du juste ! J'ai obtenu de te les faire contempler pour
que ce souvenir t'excitât à les mériter.
Apprends donc une loi immuable
établie par la justice divine : lorsque
les hommes, usurpant un pouvoir
qui ne leur fut jamais accordé, ôtent
la vie à leurs semblables, ils inter-
rompent le cours des destinées et
empêchent le bien ou le mal que
ces êtres devaient faire en ce monde,
avant de retourner vers leur maître;
ils commettent donc un attentat aux
droits de leur créateur. Un tel abus

ne saurait être souffert , et pour
rétablir l'équilibre qui ne peut jamais être dérangé impunément , les
âmes de ces victimes du crime ou
de l'erreur retournent sur la terre
animer d'autres corps pour y passer
le nombre d'années qu'il leur restait à vivre et compléter la somme de
bien et de mal qu'ils devaient faire, et
d'après laquelle ils seront jugés dans
le ciel. Ton âme était belle et pure,
tu méritais une récompense, et l'Éternel pour te l'accorder avait résolu de
t'appeler, jeune encore, près de lui,
tu devais être frappé par une apo-
plexie foudroyante à l'âge de trente-
un ans, et c'est au moment de recueil-
lir le prix de tes vertus que tu as failli;

il te reste donc un an d'épreuves à subir, et je vais te ramener sur la terre où tu dois retourner. Mais tu n'y occuperas plus la position brillante et dangereuse qui fut ton partage. J'ai intercédé pour toi, et ce que tu regarderas peut-être comme une infortune est en effet le plus grand bonheur qui puisse t'arriver; tu vivras parmi les plus pauvres après avoir vécu parmi les plus riches. Dans ton nouvel état tes devoirs sont plus simples et plus faciles à remplir; tu retourneras donc dans ta patrie pour y exercer le dernier de tous les emplois; tu seras *watchman* à Londres dans la Cité, et tu passeras les nuits à te promener devant *Newgate*, à l'endroit même où tu fus ignominieusement traîné sur l'échafaud. L'homme qui garde cet endroit est à l'agonie, son temps d'épreuves est passé; il a un compte terrible à rendre de sa conduite, une léthargie va se déclarer, son âme paraîtra ce soir devant son juge, et la tienne animera son corps; tu renaîtras couvert, aux yeux de tes concitoyens, de l'ignominie qu'un autre a méritée : il fut dégradé jadis pour des actes infâmes. Dans cette nouvelle situation tu peux expier tes fautes en forçant l'estime des gens qui méprisent le plus aujourd'hui le nom que tu vas porter. Tu peux devenir un exemple utile de retour à la vertu, et cette leçon dont tu obtiendras l'immortelle

récompense t'apprendra aussi combien sont vains les jugemens des
hommes, et qu'il faut être vertueux
pour soi-même et non pour eux. Mais
nous voici arrivés dans une planète
sacrée ; observe tout en silence et re-
cueille tes esprits.

# CHAPITRE VII.

Que de mystères admirables se sont déroulés devant moi, et comment pourrais-je espérer de peindre, avec vérité, des merveilles dont le souvenir seul me jette dans des extases sublimes ! Mon guide est toujours demeuré à mes côtés, sans mot dire ; il me désignait du doigt chaque objet digne d'attention, et par un miracle singulier, dès que je voyais une chose je comprenais le but dans lequel elle avait été créée, sans effort et comme

3*

si cela eût été présent à mes yeux depuis des siècles. Notre char s'était arrêté au milieu de rochers noircis par la foudre et plus élevés dix fois que les plus hautes montagnes connues sur la terre. Nous entrâmes alors sous une longue voûte d'une élevation et d'une largeur prodigieuse, et nous descendîmes par une pente rapide en spirale jusque dans le centre de la planète à laquelle nous étions parvenus ; c'est là que je devais connaître le secret le plus curieux des demeures célestes.

# CHAPITRE VIII.

Une salle immense entièrement ronde occupe le milieu de la planète que je parcourais avec mon guide, et qui n'est autre que l'étoile polaire. Les montagnes colossales qui m'avaient frappé d'admiration sont d'aimant, et c'est ce qui explique la direction constante de l'aiguille aimantée vers le nord. Je vis alors que l'étoile polaire ne conservait sa position fixe que parce qu'elle était le centre du système qui régit l'univers ; la salle dans laquelle j'étais parvenu me prouva bientôt la justesse de cette supposition. Les lois de l'attraction y étaient si exactement combinées que, malgré sa forme sphérique et parfaitement semblable à l'intérieur d'un ballon, on pouvait s'y promener sans aucune difficulté et en faire le tour ; marchant ainsi en sens contraire des habitans de la terre, qui aux antipodes ont les pieds vis-à-vis les pieds , tandis qu'ici la tête se trouvait opposée à la tête. Soixante-douze juges siégent de toute éternité en ce lieu , assis sur des blocs de marbre placés à des distances inégales et perpendiculairement aux voûtes continues de cette enceinte majestueuse. La sta-

ture de ces êtres impassibles est colossale; un vêtement blanc, symbole
de leur pureté, les enveloppe, comme
une toge romaine; ils ont la tête nue,
et une longue barbe blanche couvre
entièrement leur poitrine. Des tables
d'airain sont placées devant eux sur
des pupitres de même métal; un sty-
let, qui me parut composé d'un feu
céleste, brille dans leur main droite,
et ils appliquent à toute minute l'œil
contre une petite ouverture ronde
pratiquée à leur droite dans l'épais-
seur des rochers qui entourent leur
demeure. Je compris à cette vue qu'il
existe soixante-douze mondes semblables au nôtre; que chacun des juges que j'apercevais présidait à l'un

d'eux; que les tables d'airain étaient destinées à conserver le souvenir du bien et du mal, ce dont je ne doutai plus quand je vis que devant tous ces juges l'une des deux tables était presque entièrement neuve, tandis que l'autre était surchargée de caractères inconnus ici-bas. Enfin je m'aperçus que chacune des ouvertures placées à la droite des blocs de marbre donnait sur une espèce de chambre noire qui réfléchissait dans un petit espace toutes les actions des puissans de la terre, de telle sorte que d'un seul coup d'œil il était facile de surveiller tous les états d'un même monde. Frappé d'étonnement, je sortis alors de ce redoutable sanctuaire, et je suivis en silence mon conducteur, qui me reconduisit par les mêmes chemins que nous avions parcourus en quittant notre char. Il me dit que je n'avais encore vu qu'une bien faible partie des mystères qu'il avait mission de me faire admirer ; il ajouta qu'il existait une foule d'autres salles semblables à celles que je venais de quitter, et dans lesquelles on recueillait les actions des simples mortels, mais qu'on était infiniment moins sévère pour eux que pour ceux qui les gouvernent. Nous remontâmes dans notre char, qui de lui-même s'élança aussitôt vers de nouvelles régions.

# CHAPITRE IX.

Nous arrivâmes en un instant sur le sommet d'une tour octogone, prodigieuse par sa hauteur et par ses dimensions en tous sens. La vue y était admirable : on apercevait les soixante-douze mondes tournant dans l'immensité, et tous soumis à l'attraction de l'étoile polaire qui les maintenait dans des limites telles qu'ils ne pouvaient ni changer la direction primitive qui leur a été imprimée, ni par conséquent jamais se rencontrer, ce

4

qui attirerait les plus grands malheurs. Les comètes seules paraissent
aux astronomes de notre petite boule
ne pas suivre de route réglée, mais
dans le fait ces corps lumineux sont,
tout simplement les équipages du
maître éternel de l'univers, qui se pro-
mène ainsi de temps à autre avec
toute sa céleste cour, et cela est si vrai
que les lieux dont il approche le plus
se ressentent de son influence bien-
faisante et prospèrent aussitôt; témoins, en France, les vins de la comète, vins célèbres dont le mérite
est gravé profondément dans la mémoire des Russes, Prussiens et Au-
trichiens, plus même que dans celle
des propriétaires qui les ont récoltés,

attendu que les Français se sont trou-
vés, peu d'années après cette époque, avoir tant d'alliés désintéressés
que ces chers amis ont bu tout leur
vin à leur santé, et on ne dit pas qu'ils
s'en soient mieux portés.

Le Juif errant me fit alors remar-
quer des millions de petites boules
enflammées qui étaient autant d'é-
tincelles du soleil destinées à éclairer
et à purifier l'atmosphère qui enveloppe les soixante-douze mondes. Ces
petites boules de feu sont appelées
étoiles par une foule de braves gens
qui n'en savent pas davantage, et qui
successivement depuis des siècles pas-
sent toutes leurs nuits à lorgner les
corps célestes, comme les dilettanti

lorgnent mademoiselle Sontag, travail-
lant les uns et les autres, ainsi que
nous l'apprend un vieux dicton, pour
le roi de Prusse. Mon guide me fit observer aussi que chacun des soixante-
douze mondes jetait pendant la nuit
une flamme pâle et sombre qui ser-
vait à éclairer ses voisins, et c'est ce
que nos astronomes appellent la lune,
parce qu'ils ne peuvent voir qu'un
seul monde, les autres étant trop éloi-
gnés pour leurs chétifs instrumens.
Comme j'avais admiré tout ce que l'u-
nivers renferme de plus curieux, à ce
que je supposais, je me mis à bâiller,
et je demandai au Juif errant s'il n'allait pas bientôt me ramener à Londres, où il me tardait d'être de retour,

malgré la sotte condition que mon
protecteur m'avait choisie ; mais enfin
je n'avais pas encore l'esprit purifié
des anges, et par un reste d'esprit
humain dont je n'avais pu me défaire
en aussi peu de temps, je désirais
de vivre précisément parce que j'étais
mort. Il me répondit que je devais
encore demeurer quelques instans
près de lui pour voir ce qu'il y avait
de plus beau dans le ciel, c'est-à-dire
le soleil et les lieux de délices qu'il
renferme. A peine-il avait cessé de
parler que cet astre resplendissant, qui
est la demeure des élus et qui jette
sans cesse un feu sacré pour éclairer
et vivifier l'univers, vint à passer si
près de la tour sur laquelle nous étions

descendus que, d'un seul bond, nous
franchîmes la ligne de feu qui l'en-
toure, et nous nous trouvâmes dans le
plus magnifique jardin dont on puisse
se faire une idée.

# CHAPITRE X.

Il me serait impossible d'exprimer les émotions que j'éprouvai quand je me vis dans ce lieu de délices. Il renferme constamment toutes les productions que les mondes fournissent pendant les quatre saisons de l'année. Le même arbre portait ses fleurs, ses feuilles et ses fruits, de sorte que la vue, l'odorat et le goût pouvaient à la fois se satisfaire. La verdure était de la couleur des plus fines émeraudes, mille zéphirs caressaient doucement

les plantes de leur souffle léger, et ré-
pandaient autour de nous une douce
fraîcheur. Des milliers de petits ruisseaux dont le lit était formé de pierres
étincelantes et qui se croisaient dans
tous les sens arrosaient et fécon-
daient le sol. Des animaux de toutes
les sortes animaient ce riant tableau
sans jamais se nuire les uns aux autres, et des oiseaux du plus rare plu-
mage égayaient les bosquets par leurs
concerts harmonieux. J'arrivai par
une avenue de citronniers devant un
palais de marbre blanc d'une étendue
si extraordinaire que rien sur la terre
ne peut lui être comparé ni pour l'ar-
chitecture ni pour les dimensions. Une
colonnade gigantesque l'entourait, et

entre chaque portique un jet d'eau
s'élançait jusqu'à la voûte pendant le
jour et se changeait en une gerbe de
feu pendant la nuit ; la même métamorphose avait lieu dans tous les
ruisseaux ; mais ces flammes, loin de
brûler, rafraîchissaient encore l'atmo--
sphère et faisaient au milieu de la verdure l'effet des feux du Bengale dans
nos fêtes champêtres.

Le Juif errant m'apprit que nous
étions dans la demeure des élus.—Ici,
me dit-il , les hommes illustres dans
tous les genres reprennent leur forme
première ; seulement leur taille s'élève
en proportion des actions extraordinaires qu'ils ont faites. En ce moment
nous entrions dans une salle de mar-

bre d'une telle longueur que j'avais
peine à en distinguer l'extrémité.
Cette galerie était remplie d'esprits
qui se promenaient en s'entretenant
des anciennes fonctions qu'ils avaient
exercées sur la terre. Je vis Plutarque
entouré de tous ses hommes illustres
qui discutaient avec lui des points
d'histoire; plus loin j'aperçus, au
milieu d'un cercle immense de rois
de tous les pays, Jean-Jacques Rous-
seau et Diogène, assis dos à dos dans
un tonneau; Annibal, Scipion, Alexan-
dre, César, le grand Frédéric,
Pierre-le-Grand, Henri IV. Tous,
d'une stature colossale, se promenaient familièrement avec Dugues-
clin, Bayard, Turenne, le maréchal

de Saxe, Cromwell, Jean-Bart, Nel-
son, Murat et Hariadem-Barberousse ;
tous ces grands hommes célèbres semblaient écouter avec attention deux
hommes d'une stature ordinaire,
quoique l'un fût infiniment plus petit
que l'autre ; ils discutaient avec chaleur sur l'art de la guerre. Le Juif
errant m'apprit que ces deux hommes avaient conçu et exécuté des
choses si extraordinaires, que si on
les ayait voulu grandir en proportion
au-dessus des héros que je voyais
dans la salle de marbre, ils auraient
été d'une hauteur démesurée. Il avait
donc paru plus simple de les distinguer en leur laissant leur taille natu-
relle, de sorte qu'ils paraissaient des

nains près de tous les autres princes ; et ils inspiraient cependant une telle admiration que chacun, oubliant leur petitesse, les jugeait d'abord plus véritablement grands que les héros qui les entouraient. Je vais essayer de tracer le portrait de ces deux personnages aussi bien que ma mémoire pourra me le permettre. L'un, appuyé sur une longue épée, qui venait presque à la hauteur de son menton, paraissait avoir passé à peu près trente-six années sur la terre ; il était d'une taille noble et avantageuse, avait un très-beau front, de grands yeux bleus remplis de douceur, le nez bien formé, mais le bas du visage désagréable et défiguré presque continuel-

lement par un rire qui ne partait que
des lèvres. Il n'avait presque point de
barbe ni de cheveux, et l'ensemble
de sa physionomie annonçait une âme
fortement trempée et inaccessible à
tous les genres de faiblesse, tandis
que la légère et continuelle contrac-
tion de ses lèvres laissait entrevoir
un penchant prononcé à l'ironie, à
l'obstination, peut-être même à la
cruauté. Cet homme singulier était
vêtu comme les simples cavaliers suédois l'étaient en 1718; seulement ses
jambes étaient renfermées dans de
grosses bottes fortes, garnies d'énormes éperons de fer. Derrière lui étaient
rangés le conseiller Piper, le général
Reuschild et le baron de Goërtz (2).

qui semblaient prendre un grand intérêt à la discussion animée qu'il
avait avec l'autre petit homme. Ce
dernier écoutait attentivement les rai-
sons que son interlocuteur lui donnait
avec vivacité. Sa physionomie calme
et belle contrastait singulièrement
avec celle de l'homme aux grosses
bottes; son vêtement, quoique simple,
était aussi plus recherché : il portait
pour coiffure un petit chapeau à trois
cornes; une capote courte et de couleur grise, ouverte par-devant, laissait
apercevoir un uniforme vert à revers
blancs; deux croix et une étoile brillante décoraient sa poitrine; son bras
droit était ployé à demi, le pouce
passé dans une des boutonnières, tan-

is que son bras gauche tombait natu-
ellement sur le côté. Tous le poids de
son corps reposait sur la jambe gauche, et la jambe droite avancée laissait
apercevoir qu'il portait une culotte
de casimir blanc et des bottes à l'é-
cuyère, d'une forme plus légère que
celles du Suédois. La courte épée qu'il
portait laissait facilement supposer
qu'il la considérait comme une mar-
que nécessaire de son pouvoir, et non
comme une arme destinée au même
usage que celle de son compagnon.
L'ensemble de sa personne annonçait
un homme doué d'une grande im-
passibilité, fait pour mépriser la mort
et non pour la donner. Au premier
coup d'œil, on jugeait qu'il devait

avoir toutes les qualités d'un grand
général, et le Suédois toutes les qualités d'un brave soldat. La discussion
roulait en ce moment sur le passage
de deux grands fleuves, le Niémen et
le Borysthène, pendant la campagne
des Suédois en Russie, en 1707. Le
petit homme à redingote grise avait
derrière lui le prince Eugène et le
prince de la Moscowa (3); tous deux
écoutaient en souriant le parallèle
que l'interlocuteur à longue épée voulait établir entre cette campagne de
1707 et celle des Français en 1812.
Je jugeai par les détails que se donnèrent les deux petits hommes qu'on ne
pouvait comparer ces deux expédi-
tions que par leur issue malheureuse;

et par l'influence funeste qu'elles ont
eue sur les destinées des deux princes
qui les imaginèrent. Mon guide m'en-
traîna dans une autre partie du palais
que nous parcourions, et nous nous
disposions enfin à redescendre vers la
terre quand je fus retenu par un spectacle singulier. Des hommes qu'à
leur teint on reconnaissait aisément
pour des méridionaux, dansaient en
rond avec des Circassiennes d'une
beauté ravissante, et près d'eux
étaient entassés des sacs de cuirs
mouillés nouvellement décousus, et
des boulets enchaînés ; je compris
que ces hommes étaient des gens li-
bres qui par les ordres d'un usurpa-
teur avaient été enfermés dans des

4*

sacs et précipités au fond des eaux du Tage, pour être demeurés fidèles à leurs souverains légitimes, et que les femmes étaient des esclaves qui avaient éprouvé le même sort aux Dardanelles, pour n'avoir pu s'empêcher de témoigner l'horreur que leur inspirait le massacre journalier de leurs frères et de leurs maris. Ces victimes de la tyrannie se réjouissaient ensemble de ne plus être sous la domination des monstres qui avaient ordonné leur supplice. Alors ma curiosité étant satisfaite, comme nous étions sur le seuil de la porte du palais, je me hâtai de le franchir.

# CHAPITRE XI.

Comme nous passions moi et mon guide près d'un lac délicieux , je remarquai à quelques pas devant nous Annibal qui marchait côte à côte avec le célèbre professeur Rollin ; ils semblaient discuter avec chaleur. Je fus curieux de connaître ce qu'un aussi illustre guerrier qu'Annibal avait à démêler avec un professeur de rhétorique, et je me mis à les écouter en me promenant derrière eux ; j'entendis alors la conversation suivante (4) :

Rollin. — Je suis bien aise d'être mort, puisque cet accident me procure le plaisir de voir un si grand homme. Que d'heures agréables je vais passer avec vous, illustre Carthaginois! J'ai fait de mon vivant une de vos vies à l'usage des colléges royaux; il m'est impossible de vous en offrir un exemplaire, mais je vous la réciterai chapitre par chapitre en vous promenant sous cette allée de saules pleureurs.

Annibal. — Si cela peut vous être agréable, je ne demande pas mieux, car les journées sont ici d'une monotonie qui tue les héros; j'ai fait une pétition pour entrer au Tartare, il y a plus de variété.

ROLLIN. — Ah ! je conçois qu'un homme habitué à courir de Carthage au mont Janicule, à livrer une bataille par jour, à veiller vingt heures sur vingt-quatre, doit périr d'ennui dans ce jardin, qui ne vaut pas, à mon avis, le parc de Saint-Cloud; mais il me semble, grand homme, que vous fuyez la société; on vous voit rarement dans le groupe de ces héros causeurs qui racontent leurs batailles depuis deux mille ans : cela distrait pourtant ! Je sors à l'instant d'un cours d'histoire que professe Tite-Live, dans une île du Léthé : il faut tuer le temps comme on peut dans ce pays-ci. Mais puisque je suis à la source des éclaircissemens histori-

ques , je veux en profiter. Pourriez-
vous bien me dire le nombre de fu-
tailles de vinaigre que vous avez con-
sommées pour dissoudre les glaciers
des Alpes et des Apennins?

Annibal. —Qui vous a fait ce conte
à dormir debout , M. le professeur?

Rollin. — C'est Polybe , historien
exact et consciencieux.

Annibal. — Votre Polybe est un
menteur : j'ai traversé les Alpes au
solstice d'été; il y avait fort peu de
glace sur ces montagnes. Mes soldats
étaient des hommes de fer qui se mo-
quaient de la neige et du froid ; s'ils
avaient eu du vinaigre ils l'auraient
bu pour se rafraîchir.

Rollin. — Cette inexactitude me

surprend un peu ; je crains bien qu'il
n'en soit de même des boisseaux d'an-
neaux de chevaliers romains tués à
la bataille des Cannes, dont parlent
tous les historiens.

ANNIBAL. — Vos historiens n'ont
jamais dit la vérité que lorsqu'ils y
ont été forcés, ce qui leur est arrivé
rarement. Vous êtes là-bas une foule
de savans qui faites des histoires,
dissertez longuement sur des faits antiques, et vous ignorez ce qui se passe
sous vos yeux. J'ai rencontré l'autre
jour une ombre dont le corps avait
été percé d'une balle à la rue Saint-
Denis, à Paris ; elle avait survécu deux
mois à sa blessure. Je la questionnai
sur la cause et sur les résultats du

combat qui lui avait coûté la vie. Elle me dit qu'elle ne savait qu'une chose positivement, c'est qu'elle avait été tuée. Elle ajouta que les témoins oculaires de la bataille en étaient encore aux conjectures, et qu'après mille renseignemens demandés et reçus, la chose paraissait plus obscure qu'auparavant.

ROLLIN. — La réflexion est juste, grand homme, et elle me le paraît davantage depuis que je vois distinctement vos deux yeux qui sont admirablement clairs. Les révérends pères *Catrou* et *Rouille*, de la compagnie de Jésus, ont prétendu que vous aviez perdu un œil dans les marais de l'Etrurie; selon eux , vous étiez borgne à *Cannes* et à *Trasimène.*

ANNIBAL. — Ce sont des jésuites, je crois, que vous venez de nommer ?

ROLLIN. — Oui, lesquels ont fait une histoire romaine en vingt volumes in-quarto.

ANNIBAL. — Imposteurs ! comme jésuites et comme historiens. Ne m'ont-ils pas reproché de n'avoir pas marché sur *Rome* après *Cannes ?*

ROLLIN.—Justement ; mais en cela ils n'ont été que les échos de bien d'autres ; il n'y a que moi qui ai osé laver votre mémoire de cette tache.

ANNIBAL. — Vous étiez sans doute général français ?

ROLLIN. — Non, j'étais historien

5

froid et crédule, à ce que l'on pré-
tend ; mais vous voyez que j'ai du
bon quelquefois.

ANNIBAL. — Marcher sur Rome ! il
me restait vingt mille hommes sur
pied le lendemain de Cannes , et
fatigués encore par six cents lieues
de voyages et par quatre batailles presque consécutives. J'aurais dû, pour
plaire à vos historiens de cabinet, me
remettre en route , faire une marche
périlleuse au milieu de l'Italie sou-
levée, et trouver au bout le peuple
romain enfermé dans sa ville, avec
son formidable désespoir. Il me fallait
trente mille hommes de renfort ; plus
tard j'aurais pu le faire, si mon frère
*Asdrubal* ne se fût pas laissé battre

au lac de Métaure, lorsqu'il venait opérer sa jonction avec moi; mais alors les destins n'étaient plus pour nous.

ROLLIN. — Il me semble pourtant que vous avezmarché sur Rome lorsque Capoue était assiégée; on vous a même beaucoup loué de cette résolution subite, que vous prîtes pour faire une diversion qui sauvait Capoue, *votre ville chérie.*

ANNIBAL. — D'abord, je n'avais pas de *ville chérie;* j'aimais Capoue parce que l'air de la Campanie était favorable à mes malades et à mes blessés; que ma cavalerie y trouvait des fourrages abondans, et qu'il entrait dans ma politique de donner d'excel-

lens quartiers d'hiver à mon armée,
composée de vingt différentes nations
et toujours prêtes à se mutiner.
Quant au siége de Rome , j'ai donné
là-dessus un démenti à Tite-Live lui-
même; cette fanfaronnade n'était
pas dans mon caractère ; elle n'aurait
servi d'ailleurs qu'à [m'enfoncer davantage au cœur de l'Italie, en m'é-
loignant des secours que j'attendais
à tous momens de Carthage. Si le sénat de mon pays eût été moins jaloux de ma gloire, la troisième
guerre punique n'aurait pas eu lieu ;
à la seconde j'aurais écrasé les Romains.

ROLLIN. — Nous n'aurions pas eu
dans notre littérature cet excellent

parallèle de Scipion et d'Annibal du père Rapin, de la compagnie de Jésus.

ANNIBAL. — Encore la compagnie de Jésus ! Mais quelle rage ont les jésuites d'écrire sur la guerre, un bréviaire sous le bras ? Cet impertinent m'a donc comparé à Scipion ?

ROLLIN. — Oui; nous aimons beaucoup les parallèles dans les écoles, cela rectifie le jugement des rhétoriciens.

ANNIBAL. — Et sans doute ce père Rapin n'a pas manqué de me mettre au-dessous de Scipion ?

ROLLIN. — Je n'ose dire oui.

ANNIBAL. — Scipion ! un fat heu-

reux! Qu'a-t-il fait? Il m'a vaincu à
Zama, voilà tout; et ne savent-ils
pas là-bas, ces faiseurs de parallèles,
combien il est aisé de battre un grand
général qui a usé son bonheur par
cent victoires? Scipion comparé à
moi, qui ai réalisé le projet de guerre
le plus étonnant qu'un homme puisse
concevoir, qui ai traversé dans toute
leur longueur l'Espagne et la Gaule,
en moins de temps qu'il n'en faudrait
à un cavalier numide; qui ai défait
dix consuls en bataille rangée; qui
me suis maintenu vingt ans chez les
Romains, sans autres ressources que
mon génie et ma merveilleuse activité!
Au reste, je m'aperçois que tous ces
mouvemens d'amour-propre sont ici

fort déplacés ; c'est une faute de s'y livrer avec autant de véhémence, et j'en rougis autant qu'une ombre peut rougir.

ROLLIN. — Tout ce que je viens d'entendre me confirme dans l'opinion que j'ai toujours eue, qu'il est extrêmement difficile d'écrire l'histoire d'une manière satisfaisante, et que tel auteur qui s'est distingué dans la petite littérature des romans se perdra sans ressource s'il veut entreprendre de peindre la vie des héros qui ont immortalisé leur siècle. Je veux à cette occasion vous raconter une petite anecdote. Vous connaissez Napoléon ; vous vous êtes entretenus ensemble de vos campagnes d'Italie, si glorieuses pour tous deux. Eh bien, croiriez-vous que j'ai appris par une ombre nouvellement arrivée qu'il existait en Ecosse un certain Walter Scott, romancier justement célèbre, qui s'est avisé, un jour que son agent l'avait ruiné en faisant banqueroute, de vouloir écrire l'histoire de Napoléon pour rétablir ses finances ? mais il ne se donna pas la peine de rassembler les matériaux indispensables à un si grand travail, de comparer les événemens arrivés sous son règne et de rechercher la vérité. Il fit tout simplement un extrait des mille et un pamphlets imprimés dans toute l'Europe contre Napoléon, et cousant ces mensonges les uns au bout des autres, il composa un roman historique fort au-dessous de ceux qu'il avait faits jusqu'à ce jour. On dit même qu'il se souciait si peu de connaître la vérité, que se trouvant un jour à dîner à Paris, chez le duc de Tarente, avec le ministre qui a eu le plus de part à la confiance de l'empereur ( c'était le comte Daru ), il refusa l'offre qui lui fut faite de recevoir quelques éclaircissemens sur la vie de l'empereur par l'homme d'état estimable et habile qu'il avait près de lui. Le romancier écossais se borna à répondre assez séchement qu'il savait tout ce qu'il voulait savoir, d'où il était aisé de conclure qu'il ne savait pas grand chose.

En apprenant divers détails de sa

*Vie* par Walter Scott, Napoléon, qui
de son naturel n'était pas fort plaisant,
comme vous vous en êtes sans doute
aperçu, fut saisi d'un accès d'hilarité tel qu'il se serait brisé les côtes à
force de les serrer, si une ombre avait
des côtes. Mais laissons tous ces historiens ignorans ou de mauvaise foi,
qui dénaturent l'histoire pour servir
leurs passions ou leurs intérêts. Je reviens à vous, grand homme ; je suis
enchanté de cette conversation, elle
a rectifié quelques erreurs dans lesquelles j'étais tombé. Je serais ravi,
maintenant, de trouver un courrier qui
partît pour Paris : je le chargerais des
corrections à faire dans les nouvelles
éditions de ma *Vie d'Annibal.* Il est

cruel de songer que la vérité n'est que
dans les enfers; il faut mourir pour
la connaître. Plaignons les vivans!
En ce moment Rollin et Annibal furent joints par ce même Scipion dont
ils venaient de s'entretenir. Les deux
rivaux se serrèrent la main cordialement et aussi fort que leur qualité
d'ombres leur permettait de le faire,
et je connus alors que la politique et
la dissimulation existaient même dans
les Champs-Élysées. Je m'éloignai
promptement en repassant dans ma
mémoire les paroles que je venais
d'entendre, résolu à les publier sur
la terre, sitôt que j'y serais revenu ,
afin de confondre les historiens à sys-
tèmes qui nous donnent sur les hom-

mes les plus célèbres, non des notions exactes, mais des romans merveilleux plus faits pour amuser les amateurs des *Mille et une nuits* que pour instruire la jeunesse studieuse et jalouse de connaître la vérité.

# CHAPITRE XII.

Nous étions remontés sur notre char lumineux, qui nous attendait pour nous reconduire sur la terre, et tandis que les astronomes se disposaient à proclamer qu'un météore formé par une parcelle de comète était tombé à Londres au milieu de Regent's-Parc pendant la nuit du 15 au 16 juillet 1828, le Juif errant me fit part des réflexions suivantes : — Vous le voyez, aux Champ-Élysées les ombres rient de tout ce qui occupe bien

sérieusement l'esprit des faibles humains; les conférences des historiens,
des casuistes et des législateurs sont
parmi nous pleines de raison et d'en-
jouement. En politique , par exemple, nous tenons tout simplement
pour bon et parfait gouvernement
celui qui fait régner la justice , qui
récompense et honore la vertu et qui
flétrit le vice , et nous tenons pour
mauvais celui qui tolère la bassesse ,
qui encourage la vénalité et qui livre
les peuples à l'arbitraire. Parmi nous,
Lycurgue a perdu toute sa rudesse,
Solon a abandonné ses théories ; le
divin législateur de la république ima-
ginaire lui-même a changé de système, et le monarchique leur plaît à

tous infiniment. Quoi de plus admirable, disent-ils, qu'un homme péné-
tré du désir de faire le bien, qui le
fait parce qu'il en a le pouvoir, et qui
devient le père et l'idole des peuples
qu'il rend heureux et sages ! aussi,
parmi les ombres, les Numa, les An-
tonin, les Marc-Aurèle, les Louis XII,
le Béarnais, reçoivent-ils plus d'é-
gards que les Camille, les Platon, les
Brutus. Pour le bonheur d'une nation, ces illustres ombres croient qu'il
faut que la sagesse du gouvernement
fasse ponctuellement exécuter les
lois, rende à tous une exacte justice,
encourage l'agriculture, protège le
commerce, favorise les arts et les
sciences, soigne l'éducation, extirpe

l'oisiveté sous quelque couleur qu'elle se présente ; car c'est un ver rongeur, une gangrène qui finit par corrompre tous les membres du corps social. Tâchez donc, dans le nouveau poste où vous allez être placé, de concourir autant qu'il sera en vous au bien général en ne donnant que des exemples de vertu. Nous voici arrivés à Londres, ma mission près de vous est terminée pour un temps, et vous ne me reverrez que dans un an, si vous méritez d'ici là ma protection, et jamais, si vous vous rendez indigne des faveurs célestes. Adieu.

## CHAPITRE XIII.

JE ne sais quelle métamorphose subite s'est opérée en moi. Pendant quelques instans j'ai perdu de nouveau tout sentiment de moi-même, et je me suis encore senti maîtrisé par une force supérieure, sans pouvoir connaître de quelle nature elle était ni vers quels lieux elle m'entraînait. Quand j'ai recouvré l'usage de mes facultés, je me suis vu couché sur un mauvais grabat, dans un cabinet qui pouvait avoir dix pieds en carré; deux chaises de bois, un grand coffre et une petite table chargée de pots fêlés remplis de l'eau saumâtre de la Tamise et de diverses tisanes, complétaient l'ameublement de mon domicile. Une chandelle à moitié brûlée et placée dans un flambeau de cuivre noirci par le temps, jetait une pâle lueur sur mon ameublement, et cette clarté lugubre me permit à peine de distinguer mes traits dans un morceau de glace à moitié brisé, cloué contre la muraille au pied de mon lit. Je fus effrayé de ma nouvelle figure, et je ne pus m'empêcher de penser que si tous les watchmen de Londres me ressemblaient, ils devaient paraître, au premier coup d'œil, plus dangereux qu'utiles aux étrangers. Mes traits prononcés annonçaient un homme d'environ cinquante-cinq ans, tandis que mon corps affaibli par la privation totale d'alimens sains, par des veilles continuelles et par l'usage trop fréquent des liqueurs fortes et nationales de la Grande-Bretagne, semblait être tout au moins celui d'un vieillard âgé de soixante et dix années ; ma barbe longue et blanchâtre, mon linge noir, mes cheveux en désordre, étaient faits pour inspirer la terreur. Je fus arraché en ce moment aux tristes réflexions que mon nouvel état devait m'inspirer par un ronflement fort et prolongé qui se fit entendre près de moi. Quel fut mon dégoût de voir couchée à mes côtés une femme d'à peu près cinquante ans, dont le visage amaigri et ridé comme le mien était encore rendu plus dégoûtant par une bouche immense qu'une respiration pénible tenait ouverte et qui me parut totalement édentée! L'horreur que j'éprouvai fut si grande que je ne pus retenir un cri qui réveilla ma compagne; je voulus sauter à terre et m'enfuir, mais je me sentis retenu par deux mains décharnées et rudes qui me tenaient embrassé, et comme je m'efforçais de me débarrasser de ces pénibles entraves, une voix rauque se fit entendre : — William, où vas-tu donc? tu n'es pas encore assez

bien rétabli pour reprendre ton service. Ne sais-tu pas que notre voisin
John, le savetier, a la complaisance
de te remplacer pour un schilling par
nuit, jusqu'à la fin de ta convalescence ? Cher époux! (et la vieille
m'attirait sur son cœur) es-tu donc
fâché de rester près de ta pauvre
Betty, qui depuis trente années a eu
si rarement le bonheur de te presser
entre ses bras, grâce à cette mau-
dite garde qu'il te faut monter chaque
nuit ? Ne te souviens-tu plus, bon
William, des tendres caresses que
tu me prodiguais pendant les premiers
mois de notre mariage? À ces dernières
paroles une sueur froide découla de
mon front, et je tentai par un der-

nier effort de m'arracher aux tendres
réminiscences de mon étrange moitié;
mais, hélas! vainement je protestai,
et c'était du plus profond de mon
cœur, que mes forces étaient entièrement revenues, et qu'un schilling de
plus dans notre ménage ne pouvait
pas nuire; Betty, incrédule sur le retour de ma vigueur, m'assura qu'elle
ne souffrirait pas que je m'exposasse
à l'humidité de la nuit jusqu'à ce que
le docteur me l'eût permis et jusqu'à
ce qu'il lui fût bien prouvé que j'avais
recouvré la santé. Force me fut de
céder à ses argumens et surtout à ses
étreintes nerveuses; ne pouvant fuir,
accablé de ma mauvaise fortune,
maudissant ma destinée, et le Juif

errant que j'aurais bien voulu voir à
ma place, je me résignai à mon sort,
au moins momentanément. Betty me
voyant calme et raisonnable, mais se
défiant sans doute de mes résolutions
ultérieures, adopta le parti judicieux
de prendre pour elle le côté du lit
que j'occupais, et de me reléguer vers
la ruelle. M'ayant ainsi mis au pied
du mur et dans l'impossibilité d'opérer une retraite honorable, elle ter-
mina ses adroites dispositions en souf-
flant la chandelle, et me trouvant
ainsi dans une obscurité complète,
tout espoir de salut me fut ôté. Je
devins donc philosophe malgré moi,
comme beaucoup de gens. Je jugeai
que c'était déjà un soulagement à

ma misère de ne plus voir ma femme.
Après quelques instans d'agitation, le
ciel, touché sans doute de ma rési-
gnation à ses volontés, répandit dans
tous mes membres un engourdisse-
ment salutaire ; je m'endormis d'un
sommeil d'académicien, et je rêvai
que j'étais Sidi-Mahmoud, que je fu-
mais dans une grande pipe, que j'avais
près de moi une odalisque parfumée
d'eau de rose, que je faisais tran-
cher les têtes de mes ennemis, et
bâtonner des hommes noirs qui s'é-
taient introduits furtivement dans mon
empire pour tout bouleverser. Ainsi,
après m'être jugé malheureux comme
un chrétien peut l'être, quand, après
avoir été grand seigneur, il se voit

trompé par sa femme , pendu , méta-
morphosé en gueux et marié en se-
condes noces à une femme décrépite,
qui a des réminiscences, je me crus
pendant quelques heures le plus puis-
sant, le plus absolu des tyrans, et par
conséquent, d'après nos idées terres-
tres, le plus favorisé des mortels, enfin
je goûtai un bonheur de Turc.

# CHAPITRE XIV.

RIEN de plus attentif qu'une vieille femme qui a des réminiscences ; aussi, lorsqu'au lieu de m'éveiller sur le sopha et dans la robe du Grand-Turc à Constantinople, je me trouvai au grand jour, le lendemain de mon retour à Londres, sur mon grabat, si je ne vis plus à mes côtés la jeune odalisque qui m'avait charmé, j'aperçus en revanche Betty déjà habillée, qui épiait mon réveil, une tasse de thé et une tartine de pain beurré à la main.

Cette façon de déjeuner est générale à Londres, et si les Allemands et les Hollandais sont les plus grands consommateurs de tabac et de café de l'Europe, si les Russes sont les plus grands buveurs de schnaps (5), si les Français sont les plus grands amateurs de soupe et de pain, enfin si les Espagnols sont les plus sobres de tous, les Anglais sont, sans contredit, les premiers mangeurs de pommes de terre et de bœuf, et les premiers preneurs d'eau chaude du monde. Et cela est si vrai qu'il n'y a peut-être pas dans toute l'Angleterre mille maisons dans lesquelles on ne puisse trouver à toute heure du jour et de la nuit ce liquide à discrétion. Un étranger est fort surpris, s'il veut prendre un fiacre le matin ou sur les quatre heures de l'après-midi, de ne voir souvent aucun cocher sur la place ; il les croit alors au cabaret : ils y vont en effet à toute heure, avec la même exactitude que leurs pareils mettent à s'y rendre dans tout autre pays ; mais à Londres, ils ont cela de particulier qu'au lieu d'y prendre *un petit canon* (6) sur le comptoir, comme leurs confrères font à Paris, ils ne vont au *public-house* deux fois par jour que pour avaler une théière pleine de l'infusion chinoise. Une foule de gens et de médecins même assurent que cette manie de se remplir d'eau bouillante est justifiée par la nécessité de se prémunir

contre l'humidité du climat. Je n'o-
serais affirmer le contraire, mais j'a-
voue que je compare cet argument à
celui de Gribouille, qui prétendait se
soustraire à l'eau de la pluie en se
jetant dans la rivière. Certains esprits
mathématiques, systématiques, sé-
vères en logique, et doués, en un mot,
de toutes les qualités en *ique*, pour-
ront sans doute me chicaner sur la
justesse de mon raisonement. J'en
connais, et même d'*académiques*, qui
pourraient, si la fantaisie leur en
venait, composer trois volumes in-
octavo pour démontrer que ce n'est
pas la même chose d'avoir l'estomac
dans la Tamise ou d'avoir dans l'estomac une petite portion de la Tamise;

et surtout lorsque cette petite portion, versée sur des feuilles vertes, a été dénaturée par l'ébullition, l'infusion et encore par la digestion ; or, la conclusion de l'ouvrage de ce savant serait que je raisonne comme pantoufle, que l'auteur des trois volumes in-octavo a seul de l'esprit, voire même du raisonnement, ce dont le public serait persuadé dès qu'il saurait par la préface que cet auteur est tout à la fois rhéteur, professeur, orateur, etc., etc., etc.

Ainsi je serais foudroyé par les trois syllabes *ique*, *tion*, *eur*, dans toutes les règles et d'après les antiques principes des docteurs en Sorbonne, ce qui ne m'empêcherait pas de procla-

mer mon antipathie pour l'eau chaude
introduite, n'importe comment et sous
quelque forme que ce puisse être, dans
l'intérieur d'un individu, et cela avec
le même entêtement que Saint-Foix
mettait à soutenir, après trois coups
d'épée reçus, qu'une bavaroise était
un fichu souper, en quoi, certes, il avait
raison, de la même façon que je crois
n'avoir pas tort. Je reviens à Betty :
dès que je fus débarrassé de ce qu'elle
me présentait, elle me prit la tête à
deux mains et m'embrassa sans pitié ;
cette fois je me laissai faire sans résistance, car le grand jour me permettait
de distinguer l'ensemble de ma personne beaucoup mieux que la veille;
je fus alors forcé de m'avouer que ma

femme et moi semblions créés l'un
pour l'autre, et que nous n'avions rien
à nous reprocher, étant doués d'un
physique précisément aussi agréable
l'un que l'autre. Grâce à cette salutaire inspection que je fis de moi-
même, je devins tout-à-fait raisonnable, et me souvenant aussi des re-
commandations du Juif errant et de
toutes les belles choses que j'avais vues
dans l'autre monde et dont il ne me
serait plus permis d'approcher si je
ne me conduisais bien ici-bas, je résolus d'aimer Betty par mortification,
et satisfait de cette louable et coura-
geuse détermination, je recouvrai
aussitôt ma bonne humeur, et me jetant en bas de mon lit, je me mis à sif-

fler le *God save the king* (7) à gorge
déployée en passant une culotte de ve-
lours feuille-morte, qui avait appartenu
sans doute aux laquais de quelque
lord, aux miens peut-être ; je serrai la
culotte au milieu du mollet avec une
boucle d'acier sur un bas de coton
jadis blanc, je chaussai des brodequins
lacés qui montaient un pouce au-dessus
de la cheville, puis mettant un gilet
de laine rayé, je m'enveloppai le col
avec un mouchoir de coton rouge, et
j'endossai un ample manteau à man-
ches et à long collet, le tout d'un
blanc gris sale et orné sur le dos du
numéro de ma guérite, peint en noir.
Je mis sur ma tête un chapeau à petite forme plate et à larges bords, qui

venait sans doute d'un quaker, et prenant un bâton (8) blanc et court qui se
trouvait au pied de mon lit, je résolus de
ne pas attendre le soir pour me rendre
à mon poste, et d'aller de suite revoir
les lieux où j'avais été pendu.

# CHAPITRE XV.

QUELLE rage ont donc les hommes
de toujours courir au-devant des objets qui doivent les affliger, comme
si ces objets ne se présentaient pas à
chaque minute d'eux-mêmes, sans
qu'il soit nécessaire d'aller les chercher ! Je faisais ce raisonnement en
sortant de mon cabinet, au troisième,
ayant en face de ma porte un es-
calier de bois qui ressemblait infiniment à une échelle de meunier; je
m'arrêtai, après avoir descendu un

étage, car je m'aperçus à la lassitude
qui se faisait sentir que le corps dont
je venais de prendre possession n'é-
tait pas des plus vigoureux, et que
le défunt que je remplaçais m'avait
laissé des jambes encore plus mau-
vaises que ses habits ; prenant donc
haleine en m'appuyant sur la rampe,
je continuai ma boutade philoso-
phique.

Peste soit de nous-mêmes, sots
que nous sommes, m'écriai-je, de
rechercher la peine avec presque autant de soins que nous devrions en mettre à l'éviter! et je descendis encore un
étage, et me trouvai au premier, où je
repris de nouveau haleine. Quoi de
plus ridicule à moi que d'aller ainsi

contempler les lieux où j'ai été abreuvé de tourmens et d'humiliations, où j'ai subi toutes les douleurs physiques et morales qu'un homme peut éprouver ? et, tout en raisonnant, j'étais arrivé à la porte de la maison au rez-de-chaussée, je l'ouvris et me trouvai dans Fleet-Street. Que vais-je faire à dix heures du matin vis-à-vis Newgate ? N'ai-je donc jamais vu ce rendez-vous de tous les grands coupables? Ni ai-je pas gémi moi-même ? et ne serai-je pas forcé à dater de ce soir de contempler chaque nuit, pendant un an, ce lugubre édifice? Je raisonnais ainsi, mais j'avançais toujours, et quelques minutes s'étaient à peine écoulées lorsque j'entrai dans Ludgate-Hill, puis tournant à gauche dans Old-Bailey, j'arrivai bientôt vis-à-vis Newgate; mais en apercevant cette prison qui m'avait été si fatale, je me sentis défaillir, et si je ne m'étais adossé à une des bornes de fer qui se trouvent en face, je serais certainement tombé sur le pavé. En cet instant un équipage brillant vint à passer; il renfermait un homme d'à peu près quarante ans et une jeune femme de vingt-cinq. L'homme était l'ancien amant de ma première femme, et sa compagne n'était autre que ma première femme elle-même, qui, n'étant pas morte de la blessure que je lui avais faite dans un accès de jalousie en lui tirant presque à bout portant un coup de pistolet, s'était tout-à-fait abandonnée à son séducteur. Cette vue odieuse acheva d'abattre le peu de force qui me restait : ma tête se pencha comme accablée par un poids énorme, et d'abondantes larmes inondèrent ma poitrine. Je pleurai tout à la fois mon bonheur perdu, ma honte, mon crime, ma misère, et ma douleur s'exhalait en violens sanglots. Ma femme remarqua mon désespoir ; son compagnon était un homme dur et fier comme le sont beaucoup de gentlemen dans tous les pays du monde. Mais elle possédait cette humanité douce et touchante qui est le plus bel apanage de son sexe et qui rachète bien des imperfections ; il est même

remarquable, et on est presque hon-
teux de le dire, que c'est parmi les
femmes les moins estimables par leur
conduite que l'on trouve le plus de
charité; tant elles sont convaincues
que cette vertu fait pardonner souvent
aux hommes les égaremens les plus
condamnables. Je reviens à ma femme : elle tira le cordon et fit arrêter
ses chevaux ; un laquais en livrée,
armé d'une longue canne de jonc à
pomme d'or, vint aussitôt à la por-
tière; elle lui remit, pour me le donner,
un petit rouleau de papier renfermant
huit schillings et me fit demander
mon adresse. Anéanti, accablé par
cette aventure et par ma grande dé-
bilité, je ne pus ni refuser ni accep-

ter, ni prendre une détermination quelconque, et je ne répondais rien à la question deux fois répétée : Où logez-vous? Cependant, une foule de gens s'étaient rassemblés autour de moi, les habitans de Londres étant tout aussi badauds que ceux de Paris. Mon voisin le savetier était dans le groupe qui me considérait; il me reconnut et se chargea d'abord de répondre lui-même à ma ci-devant femme en l'assurant que j'étais bien pauvre, bien malheureux, mais que j'étais un honnête homme, ce qui n'était vrai que depuis vingt-quatre heures, car le mari de Betty avait toujours été un des plus mauvais sujets et des plus grands ivrognes du quartier. Ma

femme dit au savetier de me reconduire à mon domicile et d'avoir bien
soin de moi; elle appuya sa recomman-
dation d'une demi-couronne qu'elle
lui glissa dans la main, et son équipage disparut en un clin d'œil. Je
pris alors le bras de mon voisin, et re-
couvrant peu à peu mes esprits et
mes forces, je revins sans accident au
logis. Je crus devoir, en conscience,
prier mon compagnon à dîner, ce
qu'il accepta sans façon et comme un
homme habitué à être le commen-
sal du logis. Mon aventure m'avait
ôté ma gaieté; c'est ainsi que j'étais
puni de ma sotte curiosité, sans être
corrigé toutefois, car telle est la bizarrerie de notre nature que, sans écou-

ter ce sentiment intérieur qui nous prévient ordinairement quand nous sommes sur le point de faire une sottise, nous suivons presque toujours notre première idée, nous exposant sciemment à tous les maux qui peuvent en résulter, et l'expérience né nous arrête que bien rarement, surtout celle des autres, dont il nous serait si utile de profiter et à laquelle nous n'accordons en général nul crédit.

Je repassais dans ma tête ces tristes vérités, tandis que le voisin était allé chercher de la bière de Barclay, Perkins et compagnie (9), et que Betty faisait griller de la poitrine de porc, bouillir les pommes de terre et mettait le couvert, ce qui n'est pas une longue opération pour les gens du peuple à Londres, comme on jugera par la description du repas que nous fîmes à midi précis.

# CHAPITRE XVI.

JE ne sais si je m'endormis en réfléchissant ou si je réfléchissais en dormant, je sais seulement qu'il fallut me réveiller pour dîner, comme je l'ai déjà dit, à midi précis. Une nappe grise et dont plusieurs accrocs trahissaient la vetusté couvrait la table; une fourchette de fer à deux dents et un couteau à lame courbée et rond par le bout étaient placés devant chaque convive; une poivrière en faïence, une salière et un grand pot rempli de bière complétaient le couvert. Du pain, des serviettes, des verres ne se trouvent que dans les hôtels ou chez des particuliers aisés, mais le peuple ne s'en sert jamais. Que l'on juge du dégoût que je dus éprouver, moi, élevé dans l'opulence, moi qui avais toujours été servi avec la plus grande délicatesse et qui donnais huit cents livres sterling (10) au cuisinier français que j'avais fait élever exprès, pour ma maison, chez Véry. Il me fallut faire un grand effort de courage pour ne pas communiquer mes tristes réflexions à Betty et au voisin; mais j'eus le bon sens de me contenir, et je me dis avec raison que, si j'avais la sottise de raconter comment, n'étant

plus moi, je me souvenais, cependant, de ce que j'avais été, ma femme
et le savetier me croiraient certainement le cerveau fêlé, et me feraient
peut-être enfermer à Bedlam (11).
Betty nous servit les pommes de terre
cuites à l'eau, sans beurre ni sel, avec
la poitrine de porc qu'elle avait fait
griller. Quand nous eûmes soif, nous
bûmes chacun à notre tour dans le
pot qui contenait la bière, et le dîner,
comme on le voit, n'eut qu'un service
composé d'un plat, comme l'armée
d'un certain petit prince régnant en
Allemagne se composait d'un seul
corps, et ce corps c'était un homme.
Par extraordinaire, et pour fêter, à ce
qu'il prétendait, ma convalescence,

le voisin avait employé ses deux shil-
lings six pence (12) à acheter une
tourte à la rhubarbe, régal dont les Anglais sont ordinairement très-friands.
Il tira mystérieusement son cadeau
de dessous le lit, où il l'avait caché en
assez mauvaise compagnie; mais ce
qui me surprit, c'est qu'au lieu de
me l'offrir, je ne fus que le prétexte
dont il se servit pour faire un présent
à Betty, à laquelle je m'aperçus qu'il
adressait sérieusement ses hommages.
Pour cette fois, loin d'être jaloux, je
ris dans ma barbe de l'aventure, qui
me donna une grande idée du courage de ce savetier amoureux. Cependant je me mis à réfléchir de nouveau
sur la bizarrerie de mon sort, qui sem-

blait être toujours de me voir trompé,
et cette idée m'inspira une telle rage
que je fus sur le point de mettre le
voisin à la porte, et de donner une
correction maritale à l'objet de sa
flamme. Heureusement je me rappe-
lai à temps ce qu'un premier empor-
tement m'avait coûté, et considérant
l'état auquel il m'avait réduit, je devins plus sage et jugeai que je devais
me soumettre, sans murmurer, à ma
destinée, puisque je n'étais pas plus
malheureux qu'une quantité de braves
gens qui pour être ainsi n'en sont pas
moins estimables. J'en pourrais même
citer qui ne sont estimés que par rap-
port à cela; j'entends estimés comme
on estime dans le monde, c'est-à-

dire non en raison du mérite, mais en proportion de la fortune et du crédit. Or, pour convaincre les plus incrédules, si toutefois il y en a, je suppose qu'un état doit être dirigé par son roi; mais il peut arriver qu'un roi ait une maîtresse, et que cette maîtresse ait un éditeur responsable appelé M. le comte de ***** son mari pour la forme; or, il est possible que M. le comte de ***** soit un imbécile ou un homme à petites vues qui ne sert que de petits intérêts au lieu de servir sa nation, ou, ce qui serait encore plus fâcheux, un homme opiniâtre, d'une très-grande capacité, qui ayant adopté un système déplorable ne s'en départe *jamais* et bouleverse l'état de fond en comble ; ce ministre devra son élévation à l'abaissement de sa femme, et certainement personne ne s'avisera de dire, pour peu qu'il tienne à quelque chose dans le gouvernement, que M. le comte de **** est un drôle, tandis qu'on lui donnerait une épithète qu'il serait indécent de désigner ici, s'il était placé trois ou quatre degrés plus bas dans la hiérarchie sociale, s'il était, par exemple, intendant d'un receveur - général, qui remplacerait en toute chose le roi à son égard ; mais il ne ruinerait, dans ce cas, que les fermiers de son maître, et on le chasserait ignominieusement. Comme ministre, s'il ruine tous les fermiers du

royaume , cette opération faite en
grand annonçant la puissance et la
faveur dont il jouit, on le flattera, on
appellera ses fautes des idées neuves
et fortes, et le bouleversement de
l'état ne sera aux yeux de la plupart des
gens qu'une réforme utile et difficile
à exécuter. Or, qui oserait affirmer
qu'on n'a jamais vu en Europe, depuis
vingt ans seulement, un roi ayant
une maîtresse et un premier ministre précisément semblables aux personnages que j'ai dépeints dans mon
exemple? Je conviens volontiers que
toutes ces tristes vérités ne sont pas
morales; mais elles sont, malheureu-
sement, incontestables, et elles m'oc-
cupèrent jusqu'à quatre heures de

l'après-midi. Betty nous servit le thé comme c'est la coutume, puis je me jetai sur mon lit jusqu'à huit heures du soir. Etant réveillé, nous soupâmes tous trois de bonne amitié avec les restes du dîner, puis neuf heures ayant sonné, je pris mon chapeau, mon bâton ferré, ma petite crécelle (13), et je me rendis à mon poste de nuit dans Old Bailey, continuant toujours à philosopher en moi-même et laissant mon nouveau ménage à la garde de Dieu et du voisin.

# CHAPITRE XVII.

———

## PREMIÈRE NUIT.

Elevé dans une des terres de mon père , à cent milles de Londres , je n'étais venu dans cette ville immense qui renferme quinze cent mille habitans ; que pour résider dans un hôtel magnifique situé au centre de l'un des plus beaux quartiers, près

de l'amirauté, et depuis la mort de
mon père, j'avais presque toujours
voyagé dans les diverses capitales de
l'Europe ; mais c'était celle de mon
pays que je connaissais le plus mal,
n'y ayant jamais mené la vie de garçon ; ce fut donc pour moi un spectacle tout nouveau que celui des rues
de la Cité, pendant une nuit du mois
de juillet, et malgré le dégoût que
m'avaient toujours inspiré les mœurs
populaires, je résolus, puisque mon
devoir m'obligeait à les observer malgré moi, d'y porter toute l'attention
dont j'étais susceptible. C'était un samedi que je débutais dans ma nouvelle carrière. Ce jour-là, toutes les
boutiques de comestibles restent ou-

vertes fort tard, parce qu'elles de-
meurent fermées le dimanche, ce qui
oblige tous les habitans de Londres à
faire leurs provisions le samedi, de
façon à trouver dans leur office toutes
les ressources nécessaires pour attendre le lundi matin. Jusqu'à minuit,
je n'eus rien de *particulier* à signaler.
La grande affluence de servantes et
de maîtres d'hôtels qui entraient chez
leurs pourvoyeurs et qui en sortaient
par troupes, donnait aux rues un
mouvement et une clarté peu favorables aux vingt mille *pik-pockets* (14)
qui exploitent ordinairement les rues
de Londres, entre le lever et le coucher du soleil, et qui rendent le passage de certains ponts et de certaines

rues, aussi dangereux à dix heures du soir que la forêt de Bondy l'était avant la révolution, quand Cartouche dévalisait les carrosses des voyageurs. La chronique rapporte que cet honnête industriel, doué à ce qu'il paraît d'une grande philanthropie, s'appliquait à réparer les erreurs de la fortune, prenant aux riches pour donner aux plus pauvres, et n'oubliant jamais de se placer dans cette dernière catégorie. Les *pik-pockets* ne professent point d'opinions aussi libérales ; vrais cosaques, ils parcourent nuitamment par bandes les quartiers de Londres les plus favorables à leurs desseins et l'impunité dont ils jouissent le plus souvent, ferait certainement dire à un poëte oriental qu'*ils ont la prudence du serpent, l'audace du lion, la finesse du renard et l'agilité de la gazelle.* C'est une classe particulière d'hommes qui, dans notre immense Cité, se trouvent comme le Solitaire de M. d'Arlincourt, partout et nulle part.

Je venais d'annoncer, à haute voix, la première heure après minuit, lorsque je remarquai un volet mal fermé au salon du rez-de-chaussée de *London coffee House* dans *Ludgate-Hill*. J'allais, comme c'était mon devoir, sonner pour avertir le gardien de cet oubli, quand une lumière assez vive, partant de l'intérieur, me prouva que l'heure de la retraite n'était pas encore arrivée pour tous les habitans de ce bel hôtel. Je collai mon visage contre les carreaux et j'aperçus deux buveurs attablés qui s'étant mis sans doute à boire le samedi, empiétaient sur la journée du dimanche. J'allais me retirer, quand l'un d'eux, incommodé par la chaleur, souleva le lourd châssis contre lequel j'étais placé, et comme il continuait de converser avec son ami, je reconnus facilement qu'il était Français ainsi que son camarade. J'ai toujours eu pour la langue française une prédilection singulière ; je ne pus donc résister au désir d'écouter ce que les deux étrangers se racontaient. J'interrompis pour quelques minutes ma promenade monotone, et recueillis les paroles suivantes : — Vraiment,

Charles, cette petite Julie est char-
mante ! — Te voilà bien, mon cher
Alfred ; toujours enthousiaste ! Julie
ne danse pas mal, mais après tout,
son talent est un des moins remarquable de l'Opéra, et M. Laporte, en
l'amenant à Londres, ne l'a engagée
que pour être coryphée. —Qu'importe
son talent ? Les lords tiennent plus ici
à la beauté qu'au mérite des danseuses;
ils ont parbleu raison, et je fais
comme eux. — Voudrais-tu, par ha-
sard, me faire croire que tu es amoureux ? — Eh ! pourquoi ne le serais-
je pas ? N'a-tu pas vu, ce soir, sur le
théâtre, ce lord qui lui parlait dès
qu'elle quittait la scène; c'est son protecteur ici. Il a remarqué, comme

moi, les traits fins, les yeux brillans
et les sourcils noirs et arqués de la petite Espagnole ; ses assiduités m'ont
inspiré le désir de me mettre sur les
rangs et de lui disputer le cœur de Julie. — Fort bien, Alfred, j'aurai bientôt une anecdote de plus à mettre sur
mon Journal de voyage.—Comment?
— Oui ; le combat à outrance de deux
paladins amoureux de la même nym-
phe; ce sera le pendant de mon aventure à Baden. — Et quelle est cette
aventure? Tu ne me l'as jamais racon-
tée. — C'est au sujet d'une chanteuse
célèbre qui t'a charmé ce soir dans
*la Cenerentola.* — Comment? tu as eu
quelques rapports avec mademoiselle
S*****?—Non pas avec elle, mais avec

trois officiers allemands; voici le fait :
il y a quelques mois, voyageant en
Allemagne, je me trouvai à table
d'hôte à Baden, il n'était question à
cette époque, dans tous les journaux
français et étrangers, que d'un chan-
gement très-remarquable survenu
dans la situation de mademoiselle
S*****, dont les rigueurs avaient été
proclamées jusque là par toutes les
bouches.—Oui, je me souviens qu'a-
lors on répandit mille contes ridicules;
les uns annonçaient un mariage secret
avec un prince allemand, d'autres une
passion violente pour un artiste célèbre, et tous en disputant sur les causes, étaient cependant d'accord sur
le résultat et semblaient vouloir se

7*

venger par les plaisanteries les plus piquantes du bien que , jusque là , ils avaient été forcés de dire. Tandis qu'à Paris on donnait à un événement si naturel une importance ridicule , un des convives, mangeant à la même table d'hôte que moi, à Baden , me demanda ce qu'il y avait de nouveau dans notre capitale:—Rien, répondis-je ; j'ai reçu une lettre ce matin, dans laquelle on m'annonce que mademoiselle S***, rendue enfin aux applaudissemens des dilettanti, sera bientôt en état de reparaître sur la scène; la mère et l'enfant se portent bien. Le dîner tirait à sa fin, chacun dit son mot, puis on se dispersa , et j'oubliai totalement cette conversation. Le lende-

main, à six heures du matin, trois
officiers allemands, porteurs de grosses moustaches, se présentèrent dans
mon appartement. Après m'avoir tous
salués avec cette politesse flegma-
tique qui caractérise leur nation, l'un
d'entre eux porta la parole en ces
termes : — *Li être fous, Monsir, qu'il
hafre tit le choli mameselle S\*\*\*\*\*, li
hafre fait la pitit enfant ?* — Oui,
Monsieur. — *Fort pien ! Fous hafre
insulté la rossignol te la Prusse, encor
blis qué tafantache, fous choisir la sapre
ou la pistolet, pour tonner in pitit ré-
paration à nous tous le troise l'in après
l'autre.* — Diable ! Messieurs, un moment, m'écriai-je. Je n'ai jamais re-
fusé une partie d'honneur quand j'ai

été assez malheureux pour offenser
un brave homme ; mais je crois pouvoir, dans cette circonstance, repous-
ser votre provocation et déclarer que
j'ai été dans tout ceci l'écho des
journaux de Paris, et que je me suis
borné à montrer une lettre reçue, sans
même faire de réflexions à ce sujet,
tant il m'intéresse peu. Ainsi donc,
Messieurs, je crois que cette explica-
tion doit vous suffire, et que vous
allez avoir la bonté de me laisser dormir en paix. — *Fort pien; mais qu'est-ce
que tira le Prusse ?* — Parbleu ! Messieurs, la Prusse dira tout ce qu'elle
voudra ; le sujet de votre visite doit
fort peu l'occuper ce me semble. —
*Fort pien, Mons'r; croyez-fous ma-*

meselle S***** li hafre toujours été
sache? — Ma foi, Monsieur, je ne me
suis jamais donné la peine de me for-
mer une opinion à cet égard. — *Fort
pien ; puisqu'il être ainsi, fous croire,
mon parole t'honneur, le rossignol te
le Prusse li être un fertu tiablement
forte.*—Je suis très-disposé, Monsieur,
à croire à cet égard ce qui vous sera
le plus agréable, car il serait très-
fâcheux, selon moi, que la naissance
d'un enfant vînt à occasioner mort
d'homme. — *Fort pien, Monsir, ché
être tant une crante blaisir qué fous
entendre le chistice ; fous venir au taple
chez matame l'auperge cette soir, et
tire que mameselle S***** li hafre pas
fait la pitit enfant dans fotre itée.* —

Je vous assure que je n'ai aucune idée là-desssus. — *Fort pien ; nous être trois camarates à la tisposition te fous ; nous poiré un pouteille de la fin du Rhin au santé de mameselle S\*\*\*\*\**. — Comment donc, Messieurs, très-volontiers, car en tout état de cause cela ne peut pas lui faire de mal. — *Fort pien ! Gut morgen leben se vol.* — A tantôt, Messieurs ; et les trois Allemands, m'ayant fait une profonde salutation, se retirèrent avec le même calme qu'ils avaient conservé pendant le cours de leur visite matinale. Je ne tardai pas à me rendormir, riant en moi-même de *la fertu tiablement forte de mameselle S\*\*\*\*\**, et de la singulière importance que la Prusse y attachait.

— Voilà qui est singulier, reprit alors
Alfred ; vidons le dernier verre de
*clairet* en l'honneur de cette Jeanne-
d'Arc de la Prusse ; et les deux amis
se mirent à rire de si bon cœur que
je partageais leur hilarité, quand des
cris perçans vinrent frapper mon
oreille ; ils partaient du coin de la rue
qui conduit à Blacksfriars-Bridge, et
furent bientôt suivis du bruit de plusieurs crécelles. Cet appel des watchmen ne fut pas perdu pour moi, j'y
répondis sur-le-champ, et je me mis
à descendre Ludgate-Hill aussi vite
que mes vieilles jambes me le permettaient ; je fus obligé de courir jusqu'au
pont de Blacksfri... avant de connaître
la cause de ce tumulte. Là, j'appris

qu'une jeune femme, vêtue de blanc,
et qui paraissait appartenir aux plus
hautes classes de la société, s'était
précipitée en bas d'un fiacre arrêté au
coin de Ludgate-Hill, et s'était dirigée
vers la Tamise en courant de toutes ses
forces. Un homme qu'on avait vu sortir
d'une maison suspecte la poursuivait
en criant : — Arrêtez-la, elle veut se
détruire ! Les watchmen avaient cher-
ché à se rendre maîtres de cette malheureuse, mais inutilement : elle
était arrivée jusqu'au pont, et avait
eu le temps de s'élancer dans le fleuve
avant qu'il eût été possible de l'atteindre. L'homme qui la poursuivait s'était
jeté après elle dans l'espoir de la sauver. On pensait que cette infortunée

avait épié son mari ou son amant, et
qu'ayant acquis la preuve de sa perfidie, le désespoir s'était emparé d'e:le
et l'avait poussée à cet acte de folie.
Comme on m'achevait ce récit, quatre
marins, aux formes athlétiques, re-
montaient les larges escaliers construits de chaque côté du pont, ils
portaient le cadavre de la jeune femme;
ses longs cheveux noirs se dessinaient
en longues tresses sur son vêtement
léger : l'œuvre de la destruction était
accomplie. Un matelot nous dit que
l'homme qui s'était élancé après elle
s'était brisé le crâne sur un bateau de
charbon. Un sentiment de curiosité
me poussa à examiner les traits de
cette victime d'une passion désordon-

née, et comme son corps gisait sur la pierre, en attendant le magistrat qui devait constater le suicide, j'écartai en frémissant les cheveux qui couvraient le visage de la jeune femme, j'approchai ma lanterne, et sa flamme brillante me fit reconnaître ma première femme. Mille souvenirs déchirans m'accablèrent ; je tombai sans connaissance, et pour la dernière fois la mort nous réunit, et je reposai à ses côtés.

# CHAPITRE XVIII.

## DEUXIÈME NUIT.

Mon évanouissement dura trois heures. Quand je revins à moi, je me retrouvai sur mon grabat. Betty me frottait les tempes avec du vinaigre. Mon voisin le savetier, fidèle à son rôle d'ami de la maison, me plaçait sous le nez des tuyaux de plumes brûlées et me frappait dans les mains assez vigoureusement pour rendre de

l'activité au sang le plus glacé. Ma
femme versa des larmes de joie quand
elle me vit ouvrir les yeux. Je n'éprou-
vais plus qu'une grande faiblesse, je
me levai donc sur mon séant, et j'ava-
lai presque avec plaisir la tasse de thé
obligée. Quelques heures de repos
achevèrent de me rétablir; la journée se passa bien, on ne me questionna
même pas sur les causes de mon évanouissement, on le prit pour une re-
chute de ma maladie. Le soir je me
trouvai assez fort pour continuer mon
service, je me rendis donc à mon
poste à la même heure que la veille.

La nuit du dimanche au lundi est
presque toujours la plus fertile en événemens; toutes les boutiques sont

fermées, et l'obscurité qui en résulte en dépit de l'éclairage par le gaz, est très-favorable aux désordres de tous genres. En outre, si les habitans de Londres observent comme un point de religion de ne se livrer à aucun travail le jour consacré aux pratiques religieuses, un grand nombre d'entre eux cependant ne se font nul scrupule d'aller respirer l'air de la campagne et d'organiser des parties de plaisirs pour *Richmond*, *Humptoncourt*, ou *Greenwich*; or les parties de plaisirs sont toujours pour mes compatriotes des parties de table qui tournent le plus souvent en orgies pour la classe mixte. La jeunesse nombreuse et turbulente des deux sexes qui envahit

ainsi les auberges des environs de Londres tous les dimanches, rentre en ville
fort avant dans la nuit. Les *stages*(15) à
deux et à quatre chevaux, portant
six personnes *in side* (16), et treize
personnes *out side*, en comptant le
cocher, arrivent rapidement de tous
côtés et viennent pour la plupart descendre les voyageurs sur la place de
*Saint-Paul*, au centre de la Cité.

C'est un spectable original que
l'aspect de ces voitures chargées
d'hommes ivres et de femmes sus-
pectes, s'arrêtant à chaque *public-
house* (17) placée sur la route. J'as-
sistai à une de ces pauses singulières:
la descente de voiture se passa assez
bien ; mais quand j'avertis le con-

ducteur qu'il ne devait pas s'arrêter ,
et que mes ordres étaient précis à
cet égard, il fallait voir les peines
inouies qu'il se donna pour réunir tous
ses voyageurs. Presque tous voulaient
boire encore un verre d'aile, tandis
que l'un d'entre eux , d'une taille et
d'une corpulence énormes, avoua in-
génument qu'il était trop ivre pour re-
monter seul sur l'impériale du stage;
le cocher implora mon assistance et
celle des garçons de la *public-house,* et
ce ne fut qu'après plusieurs efforts in-
fructueux, que nous réussîmes à le
hisser à sa place, où il ne fut pas plus
tôt parvenu , qu'il se mit à entonner
d'une voix forte et envinée, une chan-
son de buveurs; tous ses camarades

firent chorus , et les belles de nuit ,
dipersées au nombre de soixante-dix
mille, dans les rues de Londres, uni-
rent aux sons mâles et rauques des
ivrognes , leurs accens aigres et faux,
au grand scandale des bons protestans
du quartier , et malgré les remon-
trances des *watchmen*, chargés d'empêcher de tels désordres, mais obligés
souvent à les tolérer, sous peine
d'être boxés par les délinquans lorsqu'ils sont assez nombreux pour dé-
fier la garde. Cela arrive seulement
aux gens pris de vin; jamais, de sang-
froid , un Anglais ne se révolte contre
un agent de la sûreté publique,et dans
aucun pays du monde le respect
pour la loi n'est aussi grand qu'à

Londres. Ce respect tient lieu de garnison et de gendarmes; deux ou trois *constables* suffisent pour maintenir l'ordre dans les réunions les plus nombreuses, et l'on ne pourrait pas appliquer ici le bon mot du grand-maître des cérémonies de France, le spirituel comte de Ségur, qui prétendait qu'à Paris il n'existe pas plus de bonnes fêtes sans gendarmes que de roses sans épines.

A peine avais-je perdu de vue le *stage* et la société bruyante qu'il emportait loin de moi, que je fus obligé de courir au secours de l'un de mes camarades, attaqué par un jeune homme de bonne mine, légèrement gris. Ce *gentleman* avait déjà renversé plusieurs *watchmen*, quand, avertis par le bruit long-temps continué des crécelles, nous accourûmes en si grand nombre, qu'il finit par succomber. Nous le conduisîmes à la *watch-house* (18) ; là, forcé de décliner son nom, il présenta sa carte. C'était un jeune lord de la plus belle espérance, qui s'était fait arrêter à dessein, par un travers d'esprit inconcevable, mais commun chez les jeunes seigneurs anglais, qui considèrent une scène de tapage nocturne et une visite forcée à la *watch-house*, comme le complément obligé d'une bonne éducation! Ils veulent ainsi, disent-ils, connaître par expérience les lois et coutumes de leur pays, afin de pouvoirplus tard

en parler aux chambres avec connaissance de cause. C'est une nouvelle
méthode qui réussirait mal aux élèves
de droit à Paris si, pour l'adopter, ils
abandonnaient *Barthole* et *Cujas*. —
Comme je retournais à mon poste ,
j'aperçus deux hommes qui, mettant
habits bas, se disposaient à bóxer en
l'honneur d'une belle; cette femme
les considérait les bras croisés et semblait disposée à attendre patiemment
l'issue du combat pour suivre le plus
fort ou le plus adroit. Plusieurs *watch-*
*men* et quelques passans formaient
un cercle autour des deux rivaux
pour faire observer les lois établies
en pareilles circonstances. J'arrivai
comme le plus petit des deux portait

à l'autre un coup si violent, qu'il le
fit tomber à la renverse entre les bras
des assistans. On lui fit respirer du
vinaigre et boire une goutte d'eau-de-
vie, puis les deux héros s'étant donné
cordialement la main, la multi-
tude salua le vainqueur par trois
acclamations ; la nouvelle Hélène
offrit gaiement son bras au triompha-
teur, et tous deux s'éloignèrent en
sifflant, tandis que le vaincu remet-
tant avec lenteur son habit, discutait
avec un quidam, du plus grand sang-
froid du monde, sur la façon dont il
avait été touché. La dissertation finie,
il entra dans la *public-house*, se ré-
conforta par deux ou trois verres de
genièvre, paya le garçon qui avait

balayé la place où il s'était battu, afin
d'éviter les glissades que pourrait
occasioner un sol graveleux, puis il
alla se coucher très-satisfait de lui-
même, avec un œil poché, le nez
tant soit peu de travers, et l'expérience
d'un coup qu'il jurait avoir ignoré
jusque là.

Le point du jour commençait à
paraître et je me disposais à aller me
coucher à l'heure où l'artisan laborieux
se lève, quand je rencontrai un char
funèbre attelé de quatre chevaux et
suivi d'une seule voiture de deuil
pour le ministre. Le convoi trottait,
et l'un des chevaux de devant attelé
au corbillard tourna trop court dans
Old-Bailey; la roue de derrière reçut

un choc si violent contre la borne de
fer que le char fut renversé. J'accou-
rus pour aider les hommes des pompes
funèbres à relever le corps qui avait
roulé sur le pavé. Deux hommes
vêtus de deuil parlaient ensemble en
nous prêtant leur assistance. — Cette
pauvre lady T**** (et ce nom me
frappa comme un coup de foudre)!
elle n'a jamais été heureuse! — Je
le crois bien ;. son fils l'a fait mourir
de chagrin, elle a rendu le dernier
soupir hier matin, sur la fosse du
pendu!

Je ne pus en entendre davantage,
ma tête s'égara ; je me mis à courir
de toutes mes forces en prenant la
même route que ma première femme

avait suivie la veille... Hors de moi
j'atteins le pont de Blackfriars.... Je
m'élance par-dessus le parapet.... la
rapidité de ma chute me coupe la
respiration.... je sens le froid de
l'eau... le courant m'entraîne, et toujours ferme dans mon projet de destruction , j'ouvre la bouche et je bois
à longs traits l'onde saumâtre.... Un
frisson glacial circule dans mes vei-
nes.... la nature reprend ses droits....
l'instinct de ma conservation l'em-
porte sur mon désespoir.... je fais des
efforts inouïs pour atteindre le ri-
vage.... une convulsion horrible se
déclare... un poids accablant pèse sur
ma poitrine.... je me débats contre
la mort et vais enfin succomber... ;

soudain je m'éveille en sursaut.... j'étais dans mon lit et dans mon hôtel à Paris ; ma tête était plongée dans une cuvette d'eau de savon que j'avais laissée, en me couchant, sur ma table de nuit. Cette situation expliquait suffisamment et le froid et le goût fétide des eaux de la Tamise. Ma bougie, à moitié éteinte, jetait sur les objets qui m'environnaient une clarté douteuse, et je serrais fortement dans ma main droite un volume intitulé : *le Dernier jour d'un Condamné,* par Victor Hugo. Je ne dormais plus et cependant mes sens étaient encore glacés d'horreur. Le jour commençait à poindre, j'entendis sonner quatre heures.... soudain je me rap-

pelai la dernière page du livre que je
tenais encore; je maudis l'auteur, auquel j'étais redevable du cauchemar
affreux que je venais d'éprouver. Je
sonnai brusquement mon valet de
chambre; j'envoyai chercher le mé-
decin qui depuis vingt ans m'apprend
chaque matin comment je me porte;
il m'ordonna de m'abonner pour
toute lecture au *Moniteur*, à la *Quotidienne*, et de faire placer chaque soir
sur ma table de nuit ces deux feuilles
à côté de mon éteignoir.

FIN.

# NOTES.

(1) On nomme ainsi, à Londres, des hommes qui annoncent l'heure et le temps qu'il fait à haute voix, et toutes les demi-heures pendant la nuit. Il y en a dans toutes les rues, et ils sont chargés de veiller à la sûreté des habitans.

(2) Trois favoris de Charles XII. Le dernier, accusé, après la mort de son roi, d'avoir attenté, sous son règne, aux libertés nationales de la Suède, eut la tête tranchée par ordre du sénat.

(3) Sans l'héroïque courage et les talens connus de ces deux illustres guerriers pendant la retraite qui a terminé la désastreuse campagne de 1812, il est probable que toute

l'armée française et Napoléon lui-même se-
raient demeurés dans les glaces de la Russie.

(4) Je crois utile, ne voulant pas être accusé de plagiat, de déclarer que cette conversation a déjà été insérée, le 1er mai 1818,
dans le n° xcviii de l'*Incorruptible*.

(5) Eau-de-vie de grain en usage dans
tout le nord.

(6) Petite mesure adoptée dans les cabarets, à Paris, pour servir le vin au peuple.

(7) *Dieu sauve le roi !* air national des Anglais.

(8) C'est la seule arme qui soit permise
aux watchmen.

(9) Immense brasserie, à Londres, de
MM. Barclay, Perkins et compagnie, en
très-grande renommée pour le porter.

(10) Vingt mille francs. Une marquise donne annuellement cette somme à son cuisinier, à Londres.

(11) Maison des fous.

(12) Une demi-couronne, qui vaut 3 fr. 5 cent.

(13) Instrument dont se servent les watchmen pour s'appeler entre eux et se donner un mutuel secours pour la police.

(14) Noms donnés à une classe de filous bien mis, d'une adresse et d'une audace extraordinaires, et qu'on ne rencontre qu'à Londres.

(15) Voitures publiques à quatre roues.

(16) Dans l'intérieur, *out side* à l'extérieur.

(17) Cabarets.

FIN DES NOTES.

SOUVENIRS

D'UN

PENDU.

—

1829.

# Maison Moreau-Rosier.

## PUBLICATIONS NOUVELLES.

STATISTIQUE MORALE DE LA FRANCE, ou Biographie par Départemens. 90 livraisons in-8°. Les quatre premières sont en vente.

  Prix de chaque livraison pour les souscripteurs . . . . . , . . . . . . . . 2 f.

  Vendue séparément. . . . . . . . . . . . . . . . . . . . . . 4

HISTOIRE DE LOUIS XVI, par M. de Bourniseaux, 4 vol. in-8°, Prix. . . . . 28

ŒUVRES DE F. B. HOFFMAN, 10 vol. in-8°. Prix. . . . . . . . . . 70

### SOUS PRESSE, POUR PARAITRE EN OCTOBRE:

MÉMOIRES DE ROBESPIERRE, première livraison, 2 vol. in-8°. Prix . . . . . . 15

www.ingramcontent.com/pod-product-compliance
Lightning Source LLC
Chambersburg PA
CBHW070848030726
47504CB00005B/1267